「今頃、リュートさま達は何をしているのでしょうか……」
軍オタが魔法世界に転生したら、現代兵器で軍隊ハーレムを作っちゃいました!?
10

"組織"ノワール所属
暗殺者・エレナ

"組織"ノワール所属
諜報員・ニーアニーラ
"組織"ノワール所属
薬師・メリッサ
PEACEMAKERの総力を挙げて、
ノワールの精鋭を突破せよ!

『ついに来ましたわ！　わたくしの時代が！』
メイヤは一心不乱に歌い出す。
『バーが防音設備完備でよかった』
と楽団員達は皆が思った。

軍オタが魔法世界に転生したら、現代兵器で軍隊ハーレムを作っちゃいました!? 10

明鏡シスイ

ファンタジア文庫

2576

口絵・本文イラスト　硯

CONTENTS

軍オタが魔法世界に転生したら、現代兵器で軍隊ハーレムを作っちゃいました!? 10

WHEN MILITARY MANIA TRANSMIGRATED IN THE MAGIC WORLD.

WHEN MILITARY MANIA TRANSMIGRATED IN THE MAGIC WORLD.

LEGION MEMBER LIST

リュート・ガンスミス《転生の"軍オタ"》
weapon
H&K USP
AK-47（GB-15）
Striker12
M224 Mortar
スノー《氷雪の魔女》
class
魔術師Aマイナス級
weapon
S&W M10(2inch)
AK-47(white)
クリス・ゲート・ブラッド《吸血鬼》
weapon
Remington M700P
"Dragunov" Sniper Rifle
"Vintorez" VSS
メイヤ・ドラグーン《魔石姫》
weapon
AK-47
T.MI.35
Mk.19 Grenade Launcher
リース・エノール・メメア《エノール王国第2王女》
skill
無限収納
weapon
Panzerfaust
PKM
シア《エノール王国護衛メイド》
weapon
Coffer(MP5K)
Stan Grenade
Wasp knife

魔法世界に転生し、前世の知識で現代兵器の製造に成功したリュートは、「困っている人、助けを求める人々を救う」という理念の元に多くの難局を打開した。

そして結成された彼だけの軍隊ハーレム——

それが軍団《レギオン》"PEACEMAKER《ピース・メーカー》"である。

軍団長《レギオンチーフ》　突撃兵《アサルト》　狙撃手《スナイパー》
工兵《エンジニア》　援護兵《サポート》　偵察兵《リーコン》

軍団旗《エンブレム》

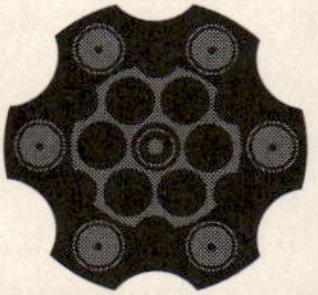

RANK 金

NAME PEACEMAKER《ピース・メーカー》

Prologue

「今日はよろしくお願いします！　ラヤラ先生！」

「せ、先生とか、は、恥《は》ずかしいよ。普段《ふだん》ど、通りでお願い」

リュート達が魔物《モンスター》大陸に旅立って数十日後。

新・純潔乙女騎士《おとめきし》団グラウンド端《はじ》で二人の少女が向き合っていた。

PEACEMAKER《ピースメーカー》団長の妻の一人である人種族《ひとしゅぞく》、ココノ・ガンスミス。

もう一人は獣人種族《じゅうじんしゅぞく》、タカ族、ラヤラ・ライラだ。

今日はココノの希望で体力作りをおこなう予定である。

なぜ体力作りをするかというと……リュートが義父であり恩人でもあるダン・ゲート・ブラッド伯爵《はくしゃく》を連れ戻《もど》すために、魔物大陸へと向かった。

その旅にココノ以外の妻は全員ついて行っている。

彼女が置いて行かれた理由は単純で、魔物大陸が危険な場所のため、病弱で体力がないココノを連れて行くのは危険だったからだ。

彼女も夫であるリュートやスノー達の気遣《きづか》いをちゃんと理解し、感謝している。

だが、それと嫁《よめ》の中で自分だけが足を引っ張っている状況《じょうきょう》を悔《くや》しく思うのとは別の問題だ。

自分もリュート達と一緒《いっしょ》に戦うことはできなくても、せめて背中を支えられる存在になるべく、ココノは病弱な体を克服《こくふく》するための努力を開始したのだ。

とはいえ、彼女は元天神《てんじん》教の巫女《みこ》で、どうすれば体を鍛《きた》えることができるか分からない。

そのため友達であるラヤラに、特訓のお願いをしたのだ。

ココノとラヤラの休日がようやく重なったため、こうして特訓の機会を得た。

ちなみに他《ほか》の友達、魔人種族《まじんしゅぞく》のケンタウロス族のカレン・ビショップは団員達の訓練やお目付役についている。

三《み》つ眼《め》族のバーニー・ブルームフィールドは、会計として書類作成中。

ラミア族のミューア・ヘッドは、リュートに依頼《いらい》された『諜報《ちょうほう》部隊設立』&外交のためココリ街を出ている。

妖精種族《ようせいしゅぞく》、ハイエルフ族のルナ・エノール・メメア第三王女は兵器研究・開発部門担当で、現在は本部グラウンド隅《すみ》にある体育館ほどある大型研究所に籠《こ》もって日夜研究を続けていた。

リュートは静音暗殺者《サイレント・ワーカー》との戦《いくさ》の後、ハンヴィー《HUMVEE》の他にもルナと一緒に大型兵器の研究をしていた。リュートが魔物大陸出発前に研究を全《すべ》てルナに任せて以降、彼女は研究所に籠もって出てこない。

ラヤラ以外は皆《みな》タイミングが悪く、都合がつく彼女にお願いしたのだ。

ココノのお願いにラヤラは二つ返事で了承《りょうしょう》し、貴重な休日を潰《つぶ》して友達の体力作りに力を貸していた。

二人とも運動がしやすいように戦闘服に着替《きが》えている。

ラヤラはともかくココノは珍《めずら》しく天神教巫女服以外の衣服姿になる。

ココノとラヤラ。背《せ》丈《たけ》はほぼ同じで、着ている衣服も一緒だが受ける印象は真逆だ。

ラヤラは華奢《きゃしゃ》ではあるが運動着姿は様《さま》になっており、健康的な雰囲気《ふんいき》を漂《ただよ》わせている。

一方、ココノはというと……運動着に『着られている』感が強い。

サイズが大きいため手足の裾《すそ》を折り曲げており、衣服から伸《の》びる腕《うで》は白く細すぎて、力を込《こ》めて握《にぎ》ったら簡単に折れてしまいそうだった。

普段、まったく運動をしないのが一目で分かるほど、場違《ばちが》い感が強い。

「ま、まずは怪我《けが》をしないように、じゅ、準備体操から始めようか」

「はい、よろしくお願いします！」

ココノは気合いたっぷりに両手を胸の前で握り締《し》める。

（や、やる気があるのはいいけど、気持ちが先走りす、過ぎているかな？　クリスちゃん達に残されたのがく、悔しいのは分かるけど、気持ちの焦《あせ》りは怪我《けが》になりやすいから、き、気を付けないと）

ラヤラはココノのやる気は買うが、焦る態度が気になり念のため釘《くぎ》を刺《さ》す。

「とりあえず、きょ、今日は初日だから、まずココノちゃんが、ど、どれぐらい体力があるか見るつもり。それを見て運動メニューをつ、作るから無理は、し、しないでね？」

「大丈夫《だいじょうぶ》です。無理はしませんから」

ラヤラの胸中を見抜《みぬ》いたような笑《え》みをココノは浮《う》かべた。

そして準備体操を終えると、早速《さっそく》体力測定を開始する。

「で、ではまず基本的なき、筋肉トレーニングから始めようか。まずはう、腕立《うでた》て伏《ふ》せから」

「頑張《がんば》ります！」

ココノは腕立て伏せをするためグラウンドに俯《うつぶ》せに寝《ね》る。

両手を地面につけて、顔は真っ直《す》ぐ前を向く。

「準備できたら始めていいから。焦らずじ、自分のタイミングでね。つ、辛《つら》くなったところで止《や》めてね？」

「分かりました！」

ココノは普段見せないキリッとした表情を作り、両手で地面の感触《かんしょく》を確認《かくにん》した。

二人の間に緊張感《きんちょうかん》が高まる。

「行きます！」

ココノは高々と宣言すると、細い両腕《りょううで》に力を込める――が、一向に体は持ち上がらない。

「んんぅッッッ！」

真っ白な肌《はだ》が『爆発《ばくはつ》するのでは？』と心配になるほど赤くなる。

なのに持ち上がらない。

結局、一回も腕立てできずに体から力が抜《ぬ》けてしまう。

力んだせいで息も切れていた。

「ら、ラヤラさま……お聞きしたいのですが、腕立て伏せってどうすれば体が持ち上がるのですか？　何かコツとかあるのでしょうか？」

「こ、コツ……コツ……」

腕立て伏せのコツを聞かれて、ラヤラは当惑《とうわく》する。なんと言えばいいのか分からず、

『コツ』と繰《く》り返し呟《つぶや》いてしまうほどに。

まさか一度も腕立て伏せができないとは想定していなかったのだ。

彼女はココノの病弱さを舐《な》めていたらしい。

ラヤラは頭を切り換《か》える。

「と、とりあえず腕立て伏せは、む、難しすぎたから、次は背筋《はいきん》をやってみよう？」

「背筋ですね。背筋は俯せになって足を押さえてもらって、背中を反るトレーニングですよね？」

「そう。だ、団長曰《いわ》く反りすぎると背中の筋肉の緊張《きんちょう》がとけるから、反り過ぎないように注意し、してね？　足はウチが押さえるから」

ココノは先生役のラヤラの指示に従順に従う。

腕立て伏せができず俯せのままなので、ラヤラがそのまま彼女の足を押さえる。ココノは両手を腰《こし》へと回し重ねた。

「い、いつでもいいよ。腕立ての時みたいにじ、自分のタイミングで始めていいから」

「分かりました！」

ココノは集中力を高めるため息を吸い、吐《は》く。

十回ほど繰り返したところで、背筋に力を入れる。

「んんぅッッ！」

力む声は聞こえるが、腕立て伏せの時と同様に彼女の体は上がらない。

足を押さえているラヤラからでは顔は見れないが、黒髪《くろかみ》から覗《のぞ》く耳が真っ赤に染まる。

ココノはふざけてなどいない。本気で取り組んでいる。

でも、体が持ち上がる気配は微塵《みじん》もない。

「ぷはぁ！　だ、駄目《だめ》でした。は、背筋も上がりません……」

「大丈夫、無理はし、しなくていいから。筋肉トレーニングが続いたから、ちょっと、きゅ、休憩《きゅうけい》しよう？」

「は、はい、ありがとうございます」

腕立て伏せが一回もできない時点で、この事態も予想していたためラヤラは優《やさ》しく声をかける。

休憩後、腹筋もやってみるが、当然一度もできることはなかった。

さらに後半のランニングでは、グラウンドを一周した時点で倒《たお》れてしまう。

体力を使い切り気絶してしまったのだ。

ラヤラは慌《あわ》てて駆《か》け寄り、ココノを介抱《かいほう》するのだった。

▼

「はあ……疲《つか》れましたぁ……」

「お、お疲れ様」

体力測定後。

ランニング途中《とちゅう》で気絶したココノを介抱すると、彼女はすぐに目を覚ます。

念のため、事務室で会計書類を処理していたバーニーに治癒《ちゆ》魔術《まじゅつ》をかけてもらう。

その後、体についた汚《よご》れと汗《あせ》を流すため、団員専用の大風呂《おおぶろ》へと二人は移動した。

ココノとラヤラは湯船に入りながら、反省会をおこなう。

「ココノちゃんはこ、根本的に、体力と筋力がないから、基礎《きそ》の基礎から始めるべきだと思う」

「基礎の基礎ですか？」

「うん、ま、まず腕立て伏せ、背筋、腹筋を一回ずつ。グラウンドを二周できるようにが、頑張ろう？」

「腕立て伏せ、背筋、腹筋を一回ずつ、グラウンドを二周ですね。分かりました。頑張ります！」

「う、ウチも頑張ってココノちゃんを、さ、サポートするから」

「ありがとうございます、ラヤラさま」

ココノはラヤラにお礼を告げると、息を漏《も》らしながら風呂場《ふろば》の天井《てんじょう》を見上げる。
基礎の基礎。
リュート達に追いつくまでには随分《ずいぶん》と時間がかかりそうだ。
(それでも頑張って、いつか皆さまの支えになりたいです!)
彼女は胸中で強い意思を固める。
そして、天井を越《こ》えてより遠くを見つめる。
「今頃《いまごろ》、リュートさま達は何をしているのでしょうか……」
ココノの小さな呟きは、風呂場の湯気に溶《と》けて消えてしまった。

第一章　ノワール

「ようやく、お会いできましたわ。リュート様……私の愛《いと》しい人」

突然《とつぜん》の奇襲《きしゅう》。

地下にある半魔物《ハーフ・モンスター》の街で、契約《けいやく》に縛《しば》られているという旦那《だんな》様を解放するために、旦那様本人――魔術師《まじゅつし》A級であるダン・ゲート・ブラッド伯爵《はくしゃく》と戦うことになり、なんとか勝利した。

その後、彼女達、魔王《まおう》復活を企《たくら》む『ノワール』が、何もない空間から生み出されたかのように突如《とつじょ》、姿を現したのだ。

気配や匂《にお》い、何の予兆もなかったため、オレ達は完全な不意打ちを喰《く》らってしまう。

最初、旦那様の背中から血が噴《ふ》き出す。

まるで鋭利《えいり》な刃物《はもの》に切られたようにだ。

オレは旦那様に駆け寄ろうとしたが、足だけではなく体全部から力が抜けて石畳《いしだたみ》へと倒れてしまう。

さらにギギさんは突然、現れた筋肉がボディービルダーのように発達した女性に殴《なぐ》り飛ばされる。殴り飛ばされた勢いは強く、広場を越えて家屋へと激突《げきとつ》。姿を消した。

女性陣《じん》はというと攻撃魔術《こうげきまじゅつ》を受けたスノーがシールドでガードしたお陰《かげ》でクリス、メイヤは傷を負わずに済んだ。

残るリース、シアはというと、旦那様を背後から襲《おそ》った女性を食い入るように見つめている。

二人の反応から、彼女達が見つめる先に居るハイエルフ女性こそ、二人の反応からある日を境に忽然《こつぜん》と姿を消したハイエルフ王国エノール第一王女、ララ・エノール・メメアだと推測できた。

まさかリースの姉が『ノワール』に参加しているとは……。

リースとシアがこの中で一番精神的ショックを受けているだろう。

その中で、頭から爪先《つまさき》まで黒い衣服を纏《まと》っている女性が、現在の状況《じょうきょう》を気にせずベールを取り、自己紹介《しょうかい》をする。

「私の名前はシャナルディア・ネロ・ケスラン。リュート様の父、シラック王の弟の娘《むすめ》ですわ。つまりリュート様の従兄弟《いとこ》ですね。そして――」

ケスランといえば、妖人《ようじん》大陸の北側平原にある、歴史と伝統だけが取り柄《え》の小国。

しかし、妖人大陸で現在でも最大勢力を誇《ほこ》る大国、メルティア王国との戦争によりケスランは滅《ほろ》んだ。

シャナルディアはケスラン王族の生き残りということか!?

周りに居る少女達の態度から、このシャナルディアが『ノワール』のトップらしい。

まさかケスランの生き残りが、『ノワール』を率いていたなんて!?

さらにケスラン王族の生き残りの下に、どうしてリースの姉がついているんだ？

あまりの事態に、頭が追いつかなくなる。

シャナルディアと名乗った少女は一呼吸間を置く。

彼女は今にもとろけそうな幸せな笑顔《えがお》を作り断言する。

「私はリュート様の婚約者《こんやく》ですわ」

「お、オレの婚約者……？」

シャナルディアの返答に驚《おどろ》き過ぎて頭が白くなる。

「ぐぬぅ……ッ」

「!? だ、旦那様!?」

クリスの父で、義父である旦那様が微《かす》かな呻《うめ》き声をあげた。

そのお陰で意識が覚醒《かくせい》する。

彼女に構っている場合ではない！　旦那様の治療《ちりょう》を早くしなければ！

しかし、体が上手《うま》く動いてくれない。

痺《しび》れる唇《くちびる》を動かし、少女達を睨《にら》み付ける。

「お、オレに、な、何をしやがった……ッ」

「ご安心ください。メリッサは、あらゆる毒物や薬を自在に操《あやつ》る薬師《くすし》です。今はただリュート様の体を痺れさせただけですから」

シャナルディアの言葉に踊《おど》り子《こ》のような露出度《ろしゅつど》が高い女性、メリッサがにっこりと笑顔を浮《う》かべた。

シャナルディアはゆっくりとオレに向かって歩み寄る。

「リュートくんに近付くな！」

「シャナルディアお姉様の邪魔《じゃま》はさせない！」

スノー達がオレを奪還《だっかん》するために動こうとするが、その前に『ノワール』の少女達が立ちふさがる。

攻撃魔術で吹《ふ》き飛ばされたスノー達とは距離《きょり》が開いてしまっている。そのため先程《さきほど》からオレに近付こうとしていたが、膝《ひざ》を突《つ》き頭《こうべ》を垂れている『ノワール』の少女達がスノー達から意識を逸《そ》らさないせいで近付くことさえできずにいたのだ。

スノーが肉体強化術で強化した体で無理矢理近付こうと腰《こし》を落とすと、すぐに『ノワール』の少女達が遮《さえぎ》る壁《かべ》のように立ちはだかる。

肌《はだ》を突き刺《さ》すような少女達の激しい気迫《きはく》に、スノーは踏《ふ》み出せずにいた。

一方、最もオレに近いリースとシアは、ララに釘付《くぎづ》けで未《いま》だに回復していない。

少女達がやりとりをしている間に、シャナルディアはオレの側《そば》に辿《たど》り着いてしまう。

彼女は体が痺れて動かないオレの頭を抱《かか》えて膝枕《ひざまくら》をする。

笑顔で顔を覗きこんでくる彼女に質問をぶつける。

「お、オマエ達『ノワール』は魔王を復活させて、世界を破滅《はめつ》させようとする組織だろう？　なのになぜ旦那様を襲った！　オマエはオレの婚約者だと言っていたが、どういうことだ⁉」

体は痺れてはいるが口はなんとか動く。

顔を覗きこんでくるシャナルディアが、困ったように眉根《まゆね》を寄せる。

「私達は魔王様を復活させようとしていますが、世界の破滅など望んでいません。一体誰《だれ》から、そんな物騒《ぶっそう》なお話をお聞きになったのですか？」

「始原のや、奴《やつ》らがそんなことを言っていたはずだ」

痺れる舌でなんとか言葉を紡《つむ》ぐ。

始原の名前が出ると、シャナルディアの表情が一変する。

暗闇《くらやみ》で塗《ぬ》りつぶしていくように瞳《ひとみ》から光が失われ、彼女は一つの感情に支配される。その感情とは『憎悪《ぞうお》』だ。

「あの卑怯《ひきよう》なゴミ共……ッ。リュート様に虚偽《きよぎ》を教えるなんて許せない。許せない。許せない許せない許せない許せない許せない許せないゆるせないゆるせないゆるせないゆるせないユルセナイユルセナイユルセナイユル——」

「お姉様、リュート様がお困りになっていますよ」

リースに顔立ちが似たハイエルフの女性、ララが声をかけると彼女の表情が戻《もど》る。

「あらいやだ、私ったらリュート様の前ではしたないマネを」

彼女は恥《は》ずかしそうに手で口元を押さえはにかむ。

「ああ、可哀相《かわいそう》なリュート様。でももう安心してくださいね。私が貴方《あなた》を救ってあげます。もちろんそれが妻の務めですから」

オレは寒気を覚える。

一度も会ったことがない、言葉も交《か》わしていない相手のはずなのに、心の底から自分が『妻』だと断言する。先程見せた狂気《きようき》より、質《たち》が悪い寒気を覚えた。

シャナルディアは次に、スノー達へと視線を向ける。

「スノーさん達ですね。初めまして、私はシャナルディア・ネロ・ケスランです。皆様《みなさま》のことはララさん達の報告で知っています。リュート様が始原《〇ー》や他《ほか》の敵達の目につかないように偽装《ぎそう》のため結婚《けっこん》してくださったらしいですね。献身《けんしん》、大儀《たいぎ》です。以後は私達がリュート様をお守りしますので。ケスランをリュート様と私の手で再興した暁《あかつき》には、相応の対価と地位を用意いたしますね」

シャナルディアはスノー達を前に、すらすらと言い切る。

臨戦体勢に入っているスノー達の視線がさらに冷たくなる。

「何言ってるのかな？　リュートくんはわたし達の大切な旦那様だよ。偽装でなんか結婚してないよ」

『そうです！　リュートお兄ちゃんは私達の旦那様です。貴女《あなた》のような怪《あや》しい人の旦那様じゃありません』

オレはスノーとクリスの言葉を援護《えんご》するため、痺れる喉《のど》を絞《しぼ》るように声を出す。

「ス、スノーやクリスの言う通りだ。オレは偽装のために彼女達と結婚したんじゃない。オレは彼女達を愛しているから結婚したんだ。オレの嫁《よめ》はスノー、クリス、リース、ココノだ！　オマエなんか知らない！」

「そして！　このわたくし！　メイヤ・ガンスミス（仮）こそが次期リュート様の妻候補にして、正妻候補ですわ！　なのに貴女のような頭から爪先《つまさき》まで黒い根暗な喪服《もふく》女性が、リュート様と結婚しようだなんて！　笑止《しょうし》！　わたくし達とリュート様の太く、長く、天より高く、天神《てんじん》より尊い絆《きずな》の間に割って入ろうなどと、身《み》の丈《たけ》にあわない野望はすぐに捨てるべきですわ！」

メイヤの発言に、シャナルディアを慕《した》う『ノワール』の少女達が殺意の視線を向ける。

ある意味、メイヤは相手に喧嘩《けんか》を売るのがホームラン級に上手いな。

感心していると、罵倒《ばとう》されたシャナルディアは悲しそうな表情を浮かべていた。

「可哀相に……リュート様の側に居すぎたせいで、ケスランの女王という地位に目が眩《くら》んでしまったのですね。私は他種族を差別するつもりはありません。能力があれば相応の地位に就《つ》かせます。ですが、次期国王となるリュート様の正妃《せいひ》に他種族を就かせるわけにはまいりません。伝統と歴史ある偉大《いだい》なるケスラン王国を他種族の血で汚《けが》すなんて……ッ。たとえそれが妾《めかけ》であっても、決して許されることではありませんわ。そう、絶対に！」

そして彼女は嗤《わら》い、痺れて体を動かせないオレの唇に、細い指を這《は》わせる。

「あまりリュート様を困らせてはいけませんよ。リュート様も妻は私だけと仰《おっしゃ》っているじゃないですか。それとも貴女達は、リュート様のお言葉に逆らうのですか？」

今度こそ本気で凍えるほどの寒気を覚えた。

こいつ、マジでヤバイ！　白狼族《はくろうぞく》、アイスの比じゃない！

シャナルディアはオレの言葉を勝手に脳内変換《へんかん》しやがった。

彼女がどうしてこんな風に壊《こわ》れてしまったかは知らない。興味もないが、話し合いができる相手じゃないことは十分理解できた。

「リュートくんをどうしても返してくれないなら……」

スノー達もそれが分かったのか、覚悟《かくご》を決める。

「プレアデス、シャナルディアお姉様の前に。お姉様とリュート様をお守りしなさい」

ララの一言で、少女達がシャナルディアを庇《かば》うように前に出た。

「ララ姉様！」

そんな彼女に実妹《じつまい》であるリースが名前を叫《さけ》ぶ。妹に名前を呼ばれて、ようやくこの場に彼女が居ることに気が付いたようにララは視線を向ける。

「何、リース？　私、今、凄《すご》く忙《いそが》しいのだけど？」

数年ぶりに再会した姉妹《しまい》のはずなのに、実姉《じつし》は再会を喜ぶどころか面倒《めんどう》そうに声を返す。

「忙しいではありません！　どうして行方《ゆくえ》を眩《くら》ませたりしたんですか!?　お父様やお母様、ルナや家臣達、それに私だってずっと心配していたんですよ！」

「……そう、ごめんなさいね、心配をかけて。でも、私は大丈夫《だいじょうぶ》だからもう安心してね」

人形そのものの作り笑顔を浮かべて、ララは返答した。

『数年ぶりに再会した実妹などに興味はない』という態度を隠《かく》そうともしない。

その態度に、リースは怒《おこ》るより困惑《こんわく》してしまう。

「ララ姉様……貴女に一体何があったというのですか？」

「リース、それは貴女が知らなくてもいいことよ」

ララは実妹の縋《すが》るような台詞《せりふ》を切って捨て、もう話すことはないと言いたげに少女達に指示を飛ばす。

「この場の足止めは任せたわ。一命に代えても役目を果たしなさい」

『はい！　ララお姉様！』

その指示に少女達が気合いが入った返事をする。

ララは満足そうに頷《うなず》くと、オレを膝枕し続けていたシャナルディアをうながす。

「お姉様、そろそろ移動を」

「分かりました。リュート様のことをお願いしますね、ピラーニャ」

「お任せください」

シャナルディアは側に歩み寄った筋肉質の少女ピラーニャにオレを預けると、苦もなく立ち上がる。

「行かせない！　リュート君を返して！」

スノーは肉体強化術で体を補助。

サブ・アームである『S&W M一〇 二インチ』リボルバーを抜《ぬ》き、ピラーニャへと発砲《はっぽう》する。魔力《まりょく》で体を強化した早撃《はやう》ちだ。

「シャナルディアお姉様の邪魔はさせぬでござる！」

しかしシャナルディアに届く前に、頭から爪先《つまさき》まで黒ずくめのネコ耳少女が、二人の間に割って入いる。

北《きた》大陸のノルテ城王座でニニと呼ばれていた忍者《にんじゃ》少女は、AK四七とストライカー一二の合計二七〇発の攻撃《こうげき》を傷一つ負うことなく防いだ。

三八スペシャル《九mm》もあの時と同じように黒い影《かげ》に呑《の》み込まれてしまう。

相変わらずデタラメな能力だ。

「シャナルディアお姉様、ここは私達で足止めをしておきます。お姉様はお早く魔王《まおう》様の地へお向かいください」

「ありがとう、皆《みな》さん。ララさん、この場は任せましたよ。ピラーニャはリュート様をお願いしますわ。トガ、ノーラ、行きますわよ」

シャナルディアの声に筋肉少女のピラーニャが後に続く。また彼女の後ろに大きなトカゲの姿をした半魔物《ハーフ・モンスター》のトガ、ゴスロリのノーラが続く。

他の『ノワール』少女達はララの指示に従いスノー達の足止めに専念する。

「お任せください。リース、あなたは特別に姉である私が相手をしてあげる」

「ッ……」

リースは『無限収納』からストライカー一二とVSSを取り出す。

ストライカー一二は自分で、VSSはリースと同じように動揺《どうよう》から立ち直ったシアに手《て》渡《わた》す。シアからクリスへとVSSが手渡された。

スノーとクリスはサブアームのハンドガンぐらいしか装備していない。

スノーは魔術師のためAK四七がなくても十分戦えるが、クリスはそういう訳にはいかない。

シアの腕《うで》は二本しかなく、三つも銃器《じゅうき》を持つ余裕《よゆう》はないためリースはクリスに優先して渡《わた》すためVSSを取り出したのだ。

足止めされている間にも、スノー達と連れ去られるオレとの距離《きょり》は開いていく。

スノーが歯《は》噛《が》みしながらも、指示を飛ばす。

「みんな！　とにかく今は目の前の敵を倒《たお》すことに集中！　倒したら他の子にすぐ加勢して！　一人でリュートくんの後を追っちゃ駄目《だめ》だよ！　メイヤちゃんはダンさんの治癒《ちゆ》を！　それが終わったら殴《なぐ》られて飛んで行ったギギさんの治療《ちりょう》をしてあげて！」

一人でオレを追いかけても、こちらにはシャナルディアの他に三人の少女達が付いている。一人で突撃《とつげき》しても返り討《う》ちに遭《あ》うのがオチだ。だからスノーはすぐにでも捕《つか》まったオレを追いかけたい気持ちを押し殺しながら、冷静に状況《じょうきょう》を判断する。

まず皆で目の前の敵を倒すことにしたのだ。

また旦那《だんな》様の治療が終われば百人力の戦力になる。

ピラーニャに殴り飛ばされたギギさんは心配だが、魔術師Bプラス級の魔術師が即死《そくし》しているとは考え辛《づら》い。重傷を負っても自身で治療することもできるからだ。

恐《おそ》らく気を失っているだけだろう。

今はまだ放置しても問題ない。

スノーは瞬時《しゅんじ》に行動方針と優先順位を決め、指示を出す。

無理をして追いかけて負傷するより、戦力を整えることを優先した。

もしオレがスノーの立場でも同じように指示を出しただろう。

体はまだ痺《しび》れて動かない。

この痺れさえ無ければ自力で抜け出すこともできるのに！

苛立《いらだ》っているオレにシャナルディアが喜々として話しかけてくる。

「さぁ、リュート様、邪魔《じゃま》が入らぬうちに行きましょう」

「……ど、どこへ行くつもりだ？」

痺れてまだ上手《うま》く喋《しゃべ》れない喉を動かし問い返す。

彼女は、まるでピクニックに最適な場所を告げるように答えた。

「封印《ふういん》されし最後の魔王様の御前に、です」

彼女の笑顔は、吐《は》き気《け》を覚えるほど綺麗《きれい》だった。

▼

シャナルディア達が向かう場所は、ダン・ゲート・ブラッド伯爵《はくしゃく》が半魔物《ハーフ・モンスター》達と一緒《いっしょ》に筋肉トレーニングしていた階段踊《おど》り場《ば》の先——魔王が眠《ねむ》っているとされる最深部。

壁《かべ》を直接削《けず》り、スフィンクスのような巨大《きょだい》な彫像《ちょうぞう》、ギリシャ神殿《しんでん》のような出入り口の門が作られている。

現在、守護者である旦那様が居ないため、出入り口に半魔物《ハーフ・モンスター》の姿はどこにもなかった。

下手《へた》に居てもシャナルディア達の犠牲《ぎせい》になるだけだ。

門を潜《くぐ》ると最初は真っ直ぐ進み、今度は階段が姿を現す。

さらに地下に下りるらしい。

「シャナルディアお姉様、お手数ですが先行させるゴーレムを一体お作りになっていただいてもよろしいでしょうか？」

「分かったわ。リュート様、少々失礼しますわね」

シャナルディアは請《こ》われると、鷹揚《おうよう》に了承《りょうしょう》。

一人、すぐ側《そば》の岩肌《いわはだ》のゴツゴツした壁に手を付け、呪文《じゅもん》を唱える。

「土塊《つちくれ》から生まれいでよ。メイクゴーレム！」

シャナルディアの言葉に従うように岩壁《がんぺき》から、約一mのゴーレムが一体姿を現す。

どうやら彼女は魔術師らしい。親戚《しんせき》である自分にはその才能がなかったため、無意識に彼女も同じだと考えていた。

オレの視線に気付いたシャナルディアが微苦笑《びくしょう》を作る。

「誤解しているようですが、私もリュート様と同じで魔術《まじゅつ》は使えません。今のは魔術道具である指輪の力ですの。リュート様の父、シラック王が若人《わこうど》時代に愛用していた『ノームの指輪』ですわ」

彼女はピラーニャに抱《かか》えられているオレに見やすいように指輪を向けてきた。

金色のリングに緑色の魔石《ませき》がはめ込まれたごく普通《ふつう》の指輪だ。

シラック王は若い頃《ころ》から趣味《しゅみ》の歴史や考古学で各地を飛び回っていた。その時、愛用したのが土系統の魔術が込《こ》められた『ノームの指輪』だ。

土を掘《ほ》り返したり、荷物運びのゴーレムを作ったりなど多用したとか。

王となってあまり時間が取れなくなると、指輪を欲《ほ》しがった幼い頃のシャナルディアに譲《ゆず》った。

彼女は『ノームの指輪』を眺《なが》め、寂《さび》しそうに笑《え》みを作り、指輪を撫《な》でる。

「まさかこの指輪がシラック王の唯一《ゆいいつ》の遺品になるとは、当時は想像もしていませんでしたわ。ただ綺麗な指輪だから欲しがっただけですのに……。ですが、シラック王唯一の遺品なら、実子であるリュート様にお渡しした方がよろしいのでしょうか？」

魔王を復活させようとする組織の頭目が、世間知らずなお嬢様《じょうさま》のように戸惑《とまど》う姿に困惑してしまう。

彼女は暫《しばら》く悩《なや》むと結論を出す。

「今はまだ何があるか分かりませんから、私が所持しておいた方がよろしいですわね。魔王様が復活し、無事にこの洞窟《どうくつ》から外へ出た時にお返ししましょう。シラック王も私より、実子であるリュート様に遺品を所持してもらいたいでしょうから」

「さすがシャナルディアお姉様！　お姉様のお優《やさ》しい心遣《こころづか》いにきっとシラック王も喜んでいらっしゃいます！」

ゴスロリ服のノーラが称賛《しょうさん》の声をあげる。

彼女の言葉に他の少女達も同意するように頷いていた。

シャナルディアは彼女達の称賛に、口元を手で隠し微笑《ほほえ》む。

「皆、ありがとう。そうそう、ノーラ、折角のいい機会ですから、今のうちにリュート様に謝罪しなさい」

「しゃ、謝罪?」

シャナルディアの言葉にノーラが、さっと顔色を変える。

彼女は仲間に抱えられているオレに、額が床《ゆか》に付きそうなほど頭を下げる。

「ココリ街ではリュート様を襲《おそ》ってしまい大変申し訳ありませんでした！　あの時はまだリュート様がシャナルディアお姉様の婚約者《こんやく》だと知らず……どうかご容赦《ようしゃ》を！」

オレが初めてココリ街に着いた時、紅甲冑《くれないかっちゅう》に身を包んだ彼女に突然襲《とつぜんおそ》われたのを思い出す。

どうやらノーラは、オレが敬愛する姉の婚約者だから謝罪しているようだ。

許すのは簡単だが、拒絶《きょぜつ》したらどうなるのだろうか?

黙《だま》っているのを不安に思ったのか、ノーラは顔を上げさらに言葉を重ねる。

「……もしリュート様が望むのであれば、この場で自害を果たしてみせます」

彼女はナイフを取り出すと首筋へと当てる。

昔、紅甲冑事件についてスノー達から、ノーラとの戦闘について聞いた。

ノーラは捕虜《ほりよ》にならないため、自害しようとした、と。

今目の前にある彼女の瞳《ひとみ》は、許可さえくだせば『喉《のど》を躊躇《ちゆうちよ》なく切り裂《さ》く』という決意に満ちている。

今回も覚悟《かくご》は本気だろう。

周囲に居る他の少女達も当然という空気を醸《かも》し出している。

たとえ敵でもさすがに目の前で少女の自害など見たくない。

痺れる口でなんとか言葉を絞《しぼ》り出す。

「ゆ、許す。許すから、ナイフをしまえ！」

「ありがとうございます！　今度はリュート様、シャナルディアお姉様のために今まで以上に頑張《がんば》らせていただきます！」

ノーラはナイフをしまうと、床に片膝《かたひざ》を突《つ》き深々と頭《こうべ》を下げる。

そんな彼女の肩《かた》にシャナルディアが手を置く。

「よかったわね、ノーラ。リュート様が許してくださって」

「はい！　シャナルディアお姉様の仰《おつしや》る通り、リュート様は器《うつわ》の大きい方です！」

「カカ！　当然さ！　姫《ひめ》様の旦那様なんだ！　部下の粗相《そそう》ぐらい笑って許してくれるさ！」

「サスガ、りゅーとサマ」

オレを抱える筋肉質な竜人種族《りゅうじんしゅぞく》の女性が変な笑い声をあげ、トカゲのような肌《はだ》をした半魔物《ハーフ・モンスター》らしき少女が発音し辛い掠《かす》れた声音《こわね》で同意する。

「ノーラを許してくださってありがとうございます。この子も悪い子ではないんです。ただちょっと暴走する気があるので……」

シャナルディアがノーラの頭を撫でる。

ノーラは気持ちよさそうに眼《め》を細めた。

まるで愛《いと》しい主《あるじ》に褒《ほ》められ、撫でられる子猫《こねこ》のようだ。

「それではそろそろ行きましょうか。ノーラ、ピラーニャ、トガ、よろしくお願いしますね」

シャナルディアがうながすと、少女達が声をあげる。

彼女が作り出した一mほどのゴーレムを先行で歩かせ、階段を下りて行く。

このゴーレムを先行させることで、行く道に危険がないか確認《かくにん》しているのだろう。

ゴーレムの後に続き、オレ達も階段を下り始めた。

階段を下りると通路に出る。

侵入者《しんにゅう》対策のためか、分かれ道が多い。

彼女達が迷っている間にスノー達が追いついてくるかもと期待したが、トカゲの少女トガの指示で分かれ道を選び歩いて行く。

その指示に皆《みな》は戸惑うことなく付いて行くのだ。

オレが不思議そうにしていると、トガが答える。

「マジュツノニオイガシマス。ソノミチヲエランデイルノデス」

「？」

「トガは魔術の流れを匂《にお》いとして感じるのです。魔術の濃《こ》い匂いがする場所に魔王《まおう》様はいらっしゃるはずです」

シャナルディアはトガの説明に補足を加える。

魔力《まりょく》を匂いで判別できるなんて随分《ずいぶん》変わっているな。

だが、今は何より気になるのは、

「お、オマエ達は魔王の下《もと》へ行って何をするつもりなんだ？」

痺れる口でなんとか言葉を紡《つむ》ぐ。

質問を無視せず、むしろシャナルディアは喜々として答える。

「この地に唯一生き延び、自身を封印されている魔王様を復活させ、力をお借りするのです。そして、そのお力で祖国を焼き払《はら》った者達に鉄槌《てっつい》を下します。その後、伝統と歴史ある偉大《いだい》なケスラン王国をリュート様と私の手で再興させ、唯一の国家としてこの世界を統一するのです」

まさか魔王を復活させ、その力を借りて世界征服《せいふく》を企《たくら》んでいたなんて……。

いつの時代のアニメや漫画《まんが》ネタだよ！

「ば、馬鹿《ばか》らしい。世界征服なんてできるはずがない。大体、魔王に力を借りるなんてありえないだろう。『貸してください』『はい、いいです』となるとでも思っているのか？」

「ご安心ください。魔王様の力を借りるといっても、交渉《こうしょう》する訳ではありません。魔王様をある秘術で意のままに操《あやつ》るのです」

『ララさんが見付けてきてくださった技術です』とシャナルディアが告げる。

そんな技術が本当に存在するのか？　随分と都合がいいな……。

オレが嫌味《いやみ》を言う前にシャナルディアが話を続ける。

「それに誰《だれ》かがこの世界を統一しなければ、いつまで経《た》っても平和は訪《おとず》れません。だから、私が……いえ、私達がそれを成し遂《と》げなければならないのです」

シャナルディアが足を止め、オレの目を見詰《みつ》めてくる。

「リュート様、なぜ私達の祖国、ケスラン王国がメルティアや他国家によって攻め滅《ほろ》ぼされたか……その理由をご存知《ぞんじ》ですか？」

「せ、正確には知らないが門を守護する旦那《だんな》様にこの世界の真実を教えてもらった。だから想像はつく」

「なるほど……そうですか。ご存知の通りもうこの世界には私達を見守ってくださる神、天神様は殺されてしまい、存在していないのです。天神教は、天神を実在している神であると説き、巫女《みこ》が神託《しんたく》を受けそれを皆に伝えるのを役目としていると自称《じしょう》しています。この世界が、既《すで》に『神無き世界』となっているのを知りながら天神教は勝手にでっち上げた神託で、この世界を私利私欲《しよく》で満たしているのです」

再度、シャナルディア達は魔王が居る場所へ向けて歩き出す。

彼女は歩きながら、先程《さきほど》の話を続けた。

「天神様がすでに殺害され、この世界が『神無き世界』だと知ったシラック国王は一時、情緒《じょうちょ》が不安定になり酒精に溺《おぼ》れるようになったのです。その後、リュート様の母上であるサーリ様の献身《けんしん》により立ち直ることができましたが……」

シャナルディアの声に明確な憎悪《ぞうお》が宿る。

「蛮国《ばんこく》メルティアは、シラック国王がこの世が『神無き世界』であること、そして自分の先祖達が魔王様の信頼《しんらい》を裏切った忘恩の徒だという真実を世界に広めるのではと疑い、国ごと滅ぼしにかかったのです！」

やはりオレのほぼ想像通りの流れで大国であるメルティアに攻め込まれ、小国ケスランは為《な》す術《すべ》もなく滅ぼされたようだ。

オレの父親と母親の最後はスノー両親から聞かされている。

シャナルディアはというと、

「私はお母様と二人、なんとか城を抜《ぬ》け出しました。しかし、か弱い母子の足では兵士から逃《のが》れることはできず、最後には追いつかれました。そしてお母様は、私の目の前でメルティア兵によって惨殺《ざんさつ》されたのです」

まるで今、目の前で起きているかのように憎悪を吐《は》き出すが、次の瞬間《しゅんかん》には口調が柔《やわ》らかくなった。

「当時まだ子供だった私もメルティア兵に殺されそうになりました。ですが、危ないところで救ってくださったのがララさんです」

ララ曰《いわ》く、『予知夢者《よちむしゃ》』でシャナルディアが殺されそうになるのを視《み》た。

自軍から抜け出して急いで駆《か》けつけたが、ギリギリになってしまい彼女の母親を救うことができなかったと彼女は謝罪する。

そしてシャナルディアは、ララの口から真実を聞かされた。

どうしてシラック国王が一時、心を狂《くる》わせたのか？

どうして大国メルティアが侵攻《しんこう》してきたのか？

どうして愛しい祖国を焼かれ、愛する両親、尊敬する叔父《おじ》達を殺され、許嫁《いいなずけ》と離《はな》れ離《ばな》れにならなければならなかったのか？

全《すべ》てを知ったシャナルディアは、大国メルティアに復讐《ふくしゅう》を誓《ちか》った。

そのためにララの手を借りメルティアの追っ手から逃亡《とうぼう》し、彼らに対抗《たいこう》するための組織『ノワール』を設立。

孤児《こじ》や、迫害《はくがい》にあい訳ありで捨てられた子供達ノーラやピラーニャ、トガ、他姉妹《しまい》達を保護し、育成した。

メルティアの追っ手から逃げ延び十数年後、シャナルディアは成長し、『ノワール』という強力な組織の力を手に入《に》れたのだ。そんな彼女は『メルティアへの復讐』『祖国ケスランの再興』の他《ほか》に新たな目標を掲《かか》げる。

「神がいないから、世界は貧困《ひんこん》や差別、悪、不公平、一部特権階級による搾取《さくしゅ》などが無くならないのです。それならば、私達が神の代わりに世界を統一して、誰も差別されない、虐《しいた》げられない、子供達がお腹《なか》を空《す》かさず、冷たい雨にうたれることなく、清潔な衣服に身を包める、そんな平和な世界を作り出すのです！」

この新たな目標にノーラ達はおおいに賛同した。

元々、彼女達が孤児や捨てられた子供達だったため、シャナルディアの新たな目標に誰も反対しなかったのだ。

本当に天神様がすでに亡《な》くなったこの世界で、神の代わりを務めるため彼女達は世界統一を果たそうとしている。

そのために魔王復活は必用不可欠らしい。

なぜなら大国メルティアや世界最古の軍団《レギオン》である始原《○一》等、様々な国家や圧倒《あっとう》的な強者《つわもの》達が障害となるからだ。

彼らの力に対抗するためには、魔王の力は必要だろう。

そんな話をしていると、目的の場所に辿《たど》り着いてしまう。

この異世界で唯一《ゆいいつ》存命している魔王が居る最深部へと。

▼

「な、なんだこりゃ……」

思わず呟《つぶや》きを漏《も》らす。

オレ達が下りてきた地下は、天井《てんじょう》が暗くて見えないほど高い。

そんな高い天井へ向けて、地面から無数のクリスタルのような透明《とうめい》な鉱物が垂直に生えている。しかもクリスタルに似た透明な鉱物が、自身で発光しているのか暗い洞窟《どうくつ》を仄《ほの》かに照らし出している。

さらに驚《おどろ》くべきはそんなクリスタル群に囲まれて、一本の大樹が生えていた。

大きさは『東京タワーぐらいあるのでは?』というほどでかい。

巨大《きょだい》すぎる幹も、枝、葉も全てクリスタルに似た鉱物でできている巨木《きょぼく》だ。

その光景は幻想《げんそう》的で、神秘的だった。

オレ以外も声には出さないが、同様に驚いているのが手に取るように分かる。

そんな大樹のほぼ中程に、人影《ひとかげ》があるのに気付く。

オレの体は未《いま》だに痺《しび》れて動かず、魔術《まじゅつ》で体を強化しようにも上手《うま》く魔力がめぐらない。

そのため視力を強化できないが、目を凝《こ》らしギリギリ確認することができる。

クリスタル大樹の中に美女が居た。

胸の前で手を合わせ、立ったままで眠《ねむ》っているようにも見える。

肌《はだ》の色は紫《むらさき》。髪《かみ》は燃えるように赤い。光の加減でグラデーションがかかり一種の芸術作品にも見える。体は露出度《ろしゆつど》の高い黒い革《かわ》製品の衣服に身を包んでいる。

頭部の横から黒い角が生えており、胸は大きく、腰《こし》もくびれている。

ゲームやアニメ、漫画などに出てくる女魔王そのままの印象だ。

恐《おそ》らく彼女がこの魔物大陸《モンスター》に存命するといわれている魔王なのだろう。

よろよろとおぼつかない足取りでシャナルディアが歩を進める。

「彼女が……この世界に現存する最後の魔王……ついに見付けました。私達はついに見付けましたわ！　最後の魔王を！」

歓喜《かんき》の笑い声。

彼女だけではなくノーラ、ピラーニャ、トガ達も長い長い苦労の末ようやくゴールに辿り着いたように喜んでいた。

「トガ、早速《さつそく》お願いしますわ」

「ハイ、オネエサマ」

トガは掠《かす》れた声音《こわね》でクリスタルへと触《ふ》れようと腕《うで》を伸《の》ばすが『バチン！』と、冬場ドアノブに触れ静電気が発生したような音が響《ひび》く。

「やはりララさんの指摘《してき》通り、最高位の封印《ふういん》がほどこされているようですね。さすがのトガでも破ることは叶《かな》いませんか……」

「ゴメンナサイ、オネエサマ」

「いいのですよ、トガ。あくまで確認《かくにん》なのですから。それより手は大丈夫《だいじょうぶ》ですか、随分《ずいぶん》大きな音がしましたが」

「ハイ、ダイジョウブデス」

シャナルディアに心配されて、トガは嬉《うれ》しそうに笑《え》みを浮《う》かべて尻尾《しっぽ》を揺《ゆ》らす。

オレが不思議な顔をしていると、ノーラが説明してくれた。

「トガお姉ちゃんもノーラと同じ特異魔術師だから、封印を破壊《はかい》しようとしたんですよ」

「そ、その『特異魔術師』が分からないんだが……」

「知らないのも当然だと思いますよ。表だって教えられる話じゃないっすからね」

オレを担《かつ》ぐピラーニャがフォローの言葉を告げ、解説する。

「特異魔術師っていうのは、魔力《まりょく》によって生まれながら特異な体質を持った奴《やつ》のことを言うんっすよ。大将が倒《たお》した静音暗殺者《サイレント・ワーカー》も特異魔術師の分類に入るっすよ」

静音暗殺者《サイレント・ワーカー》は血を使い魔術文字を書き結界を作ると、魔力の流れを抑制《よくせい》することができ、血の量を増やせば増やすほど、外に漏れる魔力を抑《おさ》えることができる。

こういう特異な魔術師が使う力を、『特異魔術』とも呼ぶらしい。

「でも、特異魔術師が必ず静音暗殺者《サイレント・ワーカー》のようになるということはないっす。自分達のように魔術師未満の魔力持ちなのに、歪《いびつ》な特異体質を持ったらもう最悪ですわ」

ピラーニャは暗い声音で続ける。

彼女は生まれながら魔力が筋肉を溜《た》め込み強化する特異体質だった。そのせいで子供の頃《ころ》力加減が分からず、同年の少年とのつまらない喧嘩《けんか》で相手を殺害してしまった。

そのため両親から見放され、奴隷《どれい》商人に売られてしまったらしい。

ノーラは、魔物が彼女の魔力に反応して集まって来る特異体質だ。

そのため周囲から怖《こわ》がられ、幼い頃捨てられた。

トガは魔力の有無《うむ》を嗅《か》ぎ分けることができ、魔力を流すと魔術の陣《じん》や道具の構造をある程度理解することができる特異魔術師。

一族で転々と各大陸を回り魔術道具の研究をおこなっていたが、旅の途中《とちゅう》、周辺の治安を維持《いじ》する軍隊に運悪くかち合い襲《おそ》われてしまう。

危機に陥《おちい》ったところをシャナルディア達に助けられた。

だから、トガは先程魔王《まおう》の封印を解くため、触れて構造を理解しようとしたのか。

他、スノー達を今も足止めしている少女達は、特異体質を持った者達らしい。

そんな彼女達を怖がらず、手を差し伸べたのがシャナルディアだ。

先程まで暗かったピラーニャの声が明るくなる。

「でも、姫様《ひめさま》は違《ちが》う！　そんなあたい達を受け入れてくれた！　そして、この神のいない世界を統《す》べて、たとえ魔術師未満の特異体質持ちでも差別されない平和な世界を作ってくださる方なんだ！　姫様はあたいらの希望なのさ！」

この話を聞いて、ノーラ達のシャナルディアに対する異常な忠誠心の高さを理解することができた。

特異体質のせいで奴隷や孤児などになったところを助けられた。さらに魔王の力で自分のような者達でも差別されない世界を本気で作ろうとしている。

彼女達がシャナルディアに心酔《しんすい》しない理由がない。だが、トガですら触れることもできない魔王の封印をどうやって破るつもりなのだろうか？

魔王を崇《あが》める半魔物達《ハーフ・モンスター》曰く、彼女は定期的に目覚めるらしい。しかしあくまで魂魄《こんぱく》、霊体《れいたい》としてだ。

心と体ごと完全に魔王を復活させる方法がなければ、自分達の思うがままに操《あやつ》れる術があっても『絵に描《か》いた餅《もち》』である。

なのに、シャナルディア達に悔《くや》しげな暗い雰囲気《ふんいき》はない。

彼女がオレへと向き直る。

「トガでも破れないことが分かりましたから、今度は正攻法《せいこうほう》で封印を解きましょう。シラック国王が祖国ケスラン王国宝物庫で発見したという秘宝、『番《つがい》の指輪』を使って」

「!?」

シャナルディアはオレが首から下げている小袋《こぶくろ》へと手を伸ばす。

未だ体が痺れて満足に動けないため、彼女のか細い腕にも逆らえない。

シャナルディアはあっさりと、スノーの両親から手渡《てわた》された『番の指輪』を取り出す。

「これが、リュート様が私のために手に入れてくださった『番の指輪』なのですね……。なんて美しい」

シャナルディアはクリスタルに似た鉱物から放たれる光に照らし出されながら、『番の指輪』に魅入《みい》る。

『番の指輪』は彼女が感嘆《かんたん》するほど綺麗《きれい》ではない。

見た目はとても地味だ。

銀色で宝石は無く、コインを横にして指に嵌《は》める輪を取り付けたような品物である。コイン部分の外側は細かいギザギザが刻み込まれていた。表面には美しい女性の横顔が彫《ほ》られている。

あらためて見ると、指輪の美女とクリスタル大樹に眠る女魔王が似ている気がする。

彼女は指輪を嵌めると、クリスタル大樹へと向けた。

「や、止《や》めろ！　魔王を復活させるなんて！　制御《せいぎょ》できなかったらどうするつもりだ！」

しかし、オレの叫《さけ》びではこの場に居る誰《だれ》も止めることなどできない。

クリスタルに似た鉱物から淡《あわ》く発光していた光が揺らぐ。

次第《しだい》に光が指輪へと集まり出す。

この空間を照らし出していた光が全《すべ》て、シャナルディアの嵌めた指へと集束したのだ。

「さぁ！　魔王様！　今こそ目覚めの時です！」

彼女の叫びと同時に、指輪から光線が飛び出しクリスタル大樹へと真っ直《す》ぐ突《つ》き進む。

光を吸収した大樹が眩《まぶ》しいほどに発光する。

同時に幹や枝に罅《ひび》が入る。

その罅は加速度的に広がっていき、最終的には砕《くだ》け散ってしまう。

夜空の星々が雨粒《あまつぶ》となって降り注ぐように、砕けたクリスタルに似た鉱物の微細《びさい》な破片《はへん》が落ちてくる。

それはまるで魔王の復活を祝うようだった。

こうして約一〇万年ぶりに魔王が完全に復活してしまうのだった。

第二章　少女達の戦い

――時間を少し巻き戻《もど》す。

シャナルディアは薬で麻痺《まひ》させたリュートを連れて、三人の護衛と共に魔王が眠る洞窟《どうくつ》の最奥《さいおう》へと向かった。

PEACEMAKER《ピース・メーカー》メンバーはその後を追おうとしたが、スノー、クリス、シアは『ノワール』の姉妹《しまい》に足止めされる。

メイヤは銀毒と傷を負ったダン・ゲート・ブラッドの治療《ちりょう》に専念していた。

そんな中、分隊支援《しえん》火器&物資貯蔵担当のリース・ガンスミスはというと、数十年前に失踪《しっそう》した彼女の実姉《じつし》、元第一王女、ララ・エノール・メメアと対峙《たいじ》している。

彼女は今、ストライカー一二を握《にぎ》り締《し》めていた。

弾倉《だんそう》には非致死性弾が装填《そうてん》されている。

彼女は緊張《きんちょう》した顔と声音で問う。

「……この戦いが、姉様の視《み》た戦いなのですか？」

リースの姉、ララの精霊《せいれい》の加護は『千里眼《せんりがん》』と『予知夢者《よちむしゃ》』。二つの能力を持っている。

リースは、国を出るときハイエルフ王国エノール国王である父から手紙を見せられた。

ララが父に宛《あ》てた手紙だ。

その手紙には『もしリースがリュートさんの後を追い結ばれたなら、将来確実に自分達は姉妹で殺し合いをする』と書かれていた。

だから、リースはその時が『今』なのかと問いかけたのだ。

彼女の緊張とは裏腹に、ララが呆《あき》れたように肩《かた》をすくめる。

「戦い？　これが？　そんな訳ないでしょ。だって、ショットガンを選んだってことは、リースの弾倉に入っているのは非致死性弾なんでしょ？　それで貴女《あなた》はどうやって私を『殺す』っていうのよ」

「!?」

リースは思わず驚《おどろ》きの声を上げそうになる。

ララが自身の手にしている銃器《じゅうき》を『ショットガン』だと理解し、弾倉や弾《たま》の特性を知っていたからだ。

『予知夢者』だから、ショットガンなどのことを知っていたのか？

リースはその解答に違和感《いわかん》を覚える。

先程のララの口ぶりは『断定』ではなかった。

どちらかというと『事前に教えられていた特徴《とくちょう》を思い出し、告げた』という方がしっくり来る。

ならばララは一体誰に『ショットガン』や『弾倉』『非致死性弾』のことを教えてもらったのか？

あのシャナルディアと呼ばれていた少女や他姉妹達からか？

ララの実妹であるリースだから気付く。

彼女達から教えてもらったことではない、と。

「それじゃ時間もないことだし、さっさと倒させてもらうわね」

「くッ！」

リースが疑問を尋《たず》ねる前に、ララが構える。

リースもここでララに倒される訳にはいかない。

むしろ彼女を早く無力化して、スノー達を援護《えんご》。

足止めに残った少女達を倒し、捕《つか》まっているリュートの後を追わなければならないのだ。

彼女は胸に浮かんだ疑問をとりあえず棚上《たなあ》げして、ストライカー一二を手に、実姉であるララを鋭《するど》い瞳《ひとみ》で見据《みす》えた。

▼

「わたし達の邪魔《じゃま》をするなら手加減しないからね！」

スノーはサブ・アーム『S&W　M一〇　二インチ』リボルバーの銃口《じゅうこう》を『ノワール』のエレナに向け、氷の弾丸《ブレット》を飛ばす。

エレナは黒い革《かわ》製の胸当て、短いスカート、腰《こし》回りに複数のナイフを下げており、一目で『暗殺者』と分かる恰好《かっこう》をしていた。

その恰好は伊達《だて》ではなく、スノーの攻撃魔術《こうげきまじゅつ》を軽業師《かるわざし》のような身のこなしで回避《かいひ》してしまう。

さらに回避しつつ、お返しとばかりにナイフを投擲《とうてき》してくる。

魔術師S級の『氷結の魔女《まじょ》』直々《じきじき》に二つ名を付けられた魔術師Aマイナス級、『氷雪《ひょうせつ》の魔女』スノーといえど、決して気を抜《ぬ》ける相手ではない。

「もう！　早く倒《たお》してみんなと合流して、リュートくんを助けに行かないといけないのに！」

「お姉様の、邪魔、させない」

エレナは短い言葉を告げると、肉体強化術で体を補助。地を蹴《け》り、スノーとの間合いを詰《つ》めると両手に握ったナイフを振《ふ》り抜く。

「⁉」

突然《とつぜん》の近接に驚き、反射的に後方へ距離《きょり》を取ろうとしたが背中に衝撃《しょうげき》を受ける。いつのまにか塀《へい》を背にしていた。

エレナはスノーの攻撃魔術を回避しつつ攻撃をすることによって、彼女を現在の位置に誘導《ゆうどう》したのだ。

スノーは腰にあるナイフを抜いていては間に合わないと反射的に理解し、愛銃《あいじゅう》の『S&W　M一〇　二インチ』リボルバーで右から迫《せま》る敵ナイフを弾《はじ》く。

反対側は左腕《ひだりうで》にシールドを展開して防ぐが、エレナは同時に蹴りを放っていた。

「ぐぅッ！」

魔力《まりょく》で強化された蹴りをスノーはまともに喰《く》らい、塀をぶち抜き庭へと転がり落ちる。

スノーも反射的に腹部へシールドを展開したが、エレナの蹴りは予想以上に素速《すばや》く威力《いりょく》を完全に殺すことはできなかった。

彼女はリボルバーを手放し、蹴られた腹部を押さえてしまう。

（悔しいけど、接近戦はあっちの方が上みたいだよ）

PEACEMAKER《ピース・メーカー》内でも接近戦ランキング上位者であるスノーが攻撃を受けるほど、エレナの実力は高かった。

もし手元にAK四七があれば話は違《ちが》っていただろうが、半魔物街《ハーフ・モンスター》が安全だったためリースに預けっぱなしにしていたのが痛い。

受け取ろうにも分断され、リース自身、クリスに銃器を手渡すので精一杯《せいいっぱい》だった。

スノーは腹部の痛みに奥歯を噛《か》みしめながらも、追撃《ついげき》を逃《のが》れるため後方へと転がる。

一〇mも進まないうちに体が何かにぶつかり止まった。廃屋《はいおく》の壁《かべ》に辿《たど》り着いてしまったのだ。

腹部を押さえながら、壁を背に立ち上がる。

涙《なみだ》で滲《にじ》んだ視界で周囲を警戒《けいかい》するが、エレナの姿はなかった。

肉体強化術で体を補助。特に目と鼻へ重点的に魔力を送り強化し、小さな変化も見逃《みのが》さないようにする。

しかし、周囲にエレナの姿はない。耳に聞こえてくるのは他者の戦闘音のみ。匂《にお》いも破《は》壊《かい》された塀の辺りで途切《とぎ》れている。

「？　どうして、追撃して倒すチャンスだったのに……」

戸惑《とまど》いを口にするが、スノーの第六感がガンガンと警報を鳴らす。まるで初めてゴブリンと対峙し、放たれた矢が目の前に到達《とうたつ》しそうになっている状況《じょうきょう》のようだ。

特に気になるのは匂いだ。塀の辺りで途切れている。

それが問題だ。

まるでそこから別の場所に転移したかのように、綺麗さっぱり途切れているのだ。

「わたしを放置して別の人達の所へ加勢に行ったとか？」

自身でも納得《なっとく》できない答えを呟《つぶや》く。

上下左右を警戒しながら、壁を背にジリジリと移動する。その場に居続けることが何よりも危険だと本能が訴《うった》えているからだ。

エレナを警戒し過ぎて足下《あしもと》が疎《おろそ》かになる。

廃家《はいか》となって長いため、足下の地面が劣化《れっか》し窪《くぼ》みができていた。スノーは気付かず足下をすくわれバランスを崩《くず》してしまう。

「!?　熱ッ!?」

「!?」

その不運が彼女の命を救う。

先程《さきほど》まで首があった場所にナイフを握り締めたエレナが立っていた。前髪《まえがみ》が挙動で揺《ゆ》れ隠《かく》れていた目と合う。

その瞳は驚きで見開かれている。

驚くのも当然だ。確実に殺害できる必殺の一撃《いちげき》を、窪《くぼ》みに足を取られバランスを崩した偶然《ぐうぜん》で回避されたのだから。

皮膚《ひふ》は破け肉を裂《さ》かれたが致命傷《ちめいしよう》には至っていない。

スノーは慌《あわ》ててその場から跳《と》び去り、首元に手を当て治《ち》癒《ゆ》魔術を使う。

「て、手に灯《とも》れ癒《いや》しの光よ、治癒なる灯《ヒール》！」

治癒魔術は苦手だったが、雪山でリュートを癒すのに手間取ったことを後悔《こうかい》し密《ひそ》かに練習していた。

専門の治癒魔術師に比べればまだまだだが、十分実用に耐《た》えられるレベルになっている。

お陰《かげ》で傷口は塞《ふさ》がり、出血も最少に抑《おさ》えることができたが問題は解決していない。

スノーは切り裂かれた喉《のど》を未《いま》だに押さえつつ、冷《ひ》や汗《あせ》を流しながら自問自答した。

「匂いも、音も、魔力も無かったのに突然、現れるなんて……この前戦った静音暗殺者《サイレント・ワーカー》さんが魔力を他者に感じさせない力を持っていたけど……貴女も似たような力を持っているってこと？」

「…………」

「また消えた!?」

エレナは『大正解』と言いたげにスノーの目の前から消えてみせる。

彼女もノーラ達と同じ特異魔術師だ。

スノーが彼女の力に気付けたのも、最近静音暗殺者《サイレント・ワーカー》が率いる軍団《レギオン》、処刑人《シーカー》と戦った経験があったからだ。

エレナの特異魔術は魔力を注いだ人や物などの姿、気配、空気の流れ、音、魔力等々を他者に認識《にんしき》させないことができる。

静音暗殺者《サイレント・ワーカー》の血界魔術《けっかいまじゅつ》の上位版である。

この力を使って、魔物大陸《モンスター》をハンヴィー《HUMVEE》で移動していたリュート達の後を追っていた。

本来なら、この力を使って姿を消せば、相手に認識されることはない。

しかし護衛メイドのシアは誰《だれ》かに見られているのでは、という違和感を覚えていた。

彼女の気配察知技術がずば抜けて高いからだろう。

スノーも白狼族《はくろうぞく》だけあり鼻と耳に自信はあったが、気配察知技術はシアほどではない。

スノーにとってあまり相性《あいしょう》が良い相手ではなかった。

「でも、タネが分かれば対応策は立てられるよ！」

彼女は肉体強化術で体を補助し、壊《こわ》れた塀を飛び越《こ》え高速で移動する。

向かった場所は先程、皆《みな》と居たのとは違う反対側の広場だ。

この戦いにメイヤ達を巻き込まないようにするための気遣《きづか》いである。

スノーはその中心に立つ。

彼女は無駄《むだ》と分かっていても目と鼻、耳でぐるりと周囲を確認する。他《ほか》の娘《こ》達が戦っている様子は確認できるが、エレナの姿は見つけられない。

「わたしの鼻に気付かれずにあそこまで接近できるなんて凄《すご》いよ。けど、最初の一撃で倒せなかったのが失敗だったね！」

スノーは両手を翳《かざ》すと、腹から声を出す。

「踊《おど》れ！　吹雪《ふぶ》け！　氷の短槍《たんそう》！　全《すべ》てを貫《つらぬ》き氷《こお》らせろ！　嵐氷槍《ストーム・エッジ》！」

氷×風の中級魔術。

スノーの頭上で小型の竜巻《たつまき》が渦《うず》巻き、無数の鋭い氷の刃《やいば》が舞《ま》っていた。刃は機関銃《マシンガン》のごとく、彼女を中心に広場全域を狙《ねら》い発射する。

それは風と氷の二重奏。

スノーは得意の氷系魔術で、点ではなく面で攻撃を仕掛《しか》ける。

姿、匂い、気配、魔力、音……全てを認識できなくても、その場に居るなら全部潰《つぶ》せばいいという物量作戦に打って出たのだ。

彼女は魔力を通常以上に注ぎ込み執拗《しつよう》に、無数の氷の短槍を石畳《いしだたみ》に突《つ》き刺《さ》していく。

石畳や周辺の建物全てをハリネズミ状態にして、ようやくスノーは攻撃魔術を止めた。

「あー……ちょっとやりすぎたかも？」

可愛《かわい》らしい声音《こわね》だが、『やりすぎ』の枠《わく》を大きく超《こ》えている。

他の場所で戦っている娘達《こ》の邪魔にならないと確認した上で攻撃を実行したが、想定以上に力を込めたことで周辺は酷《ひど》い有様になっていた。

この光景こそが魔術師A級は一握《ひとにぎ》りの天才の領域と言われる所以《ゆえん》である。またこれだけの魔術攻撃をしておきながら、魔力切れをおこしていないのだから敵からすれば質《たち》が悪い。

だがそれは普通《ふつう》の一般《いっぱん》的な敵だったら、だ。

スノーの真っ白な右太股《ふともも》にナイフが刺さる。

「ンぁッ!?」

続いて左脹《ふく》ら脛《はぎ》にナイフが刺さり、彼女は悲鳴を上げその場に崩れ落ちてしまう。

「貴女《あなた》、強い」

声に振り返ると背後にエレナが、いつの間にかできていた石壁《いしかべ》の上に立っていた。

石壁には無数の短槍が突き刺さっている。

彼女は暴風雨のような攻撃の中、無傷で立っているのだ。

スノーは彼女を十分引きつけて、嵐氷槍《ストーム・エッジ》を叩《たた》きつけた。普通の魔術師なら回避やシールドで防ぎきれず、手傷を負っていただろう。

だが、エレナは普通の魔術師《まじゅつし》ではない。

彼女はすぐさま魔術で短槍を防ぐ石壁を作り出す。

本来であれば石壁を作り出した段階で居場所が判明するはずだが、彼女の特異魔術の力でスノーはそれを認識することができなかったのだ。

それがエレナの特異魔術の真骨頂《しんこっちょう》である。

触《ふ》れている限り、新たに作り出したモノや魔術も相手は認識することができない。

後は攻撃が収まった段階で、石壁の上に乗りナイフを投擲《とうてき》しただけである。

エレナは前髪越《ご》しに冷たく瞳《ひとみ》を輝《かがや》かせ断言する。

「貴女、強い。シャナルディアお姉様、きっと邪魔《じゃま》になる。だから、殺す」

エレナは確実にスノーを殺しきるため、まずは機動力を奪《うば》ったのだ。

続いて彼女はナイフを投擲してくるが、

「ぐううぅッ！」

スノーは足の痛みを堪《こら》えつつ、転がり回避。ナイフを避《さ》けることはできたが、再びエレナの姿を見失ってしまう。

さらに自身の魔術攻撃《こうげき》で石畳にはびっしりと氷の短槍が刺さっているため、傷ついた足では行動範囲《はんい》がどうしても狭《せば》まる。

足を治癒しようとする時間を与《あた》えてくれる相手でもない。

(リュートくんならこんな時どうするだろう……)

足に刺さったナイフの痛みに耐えながら思考する。

同じ日に孤児院《こじいん》に置き去りにされた幼馴染《おさななじ》みなら、どんな危機に陥《おちい》ろうとも常人には思いつかない武器を開発したり、新たな戦術や発想で乗り越えてしまうだろう。

(でも、わたし、リュートくんみたいに頭は良くないからな)

いくら考えても幼馴染みの彼のように現状を覆《くつがえ》す方法は思いつかない。

(だったらわたしはわたしらしく、この危機を乗り越えるしかないよ！　そして連れ去られたリュートくんを早く助けにいかなくちゃ！)

スノーは覚悟《かくご》を決めると、歯を食いしばりながら喉や胸、頭部を両腕《りょううで》でガードする。さらに上半身にシールドを展開。

これならナイフの投擲を受けても即死《そくし》はしない。

エレナは特異魔術で姿を消しつつ、亀《かめ》のように固まったスノーを観察しどうするか考察する。

戦闘中に考え込んだ場合大抵《たいてい》はいい的にしかならないが、エレナの場合は認識されないためこのような方法をとることができるのだ。

彼女は一通り考えた後、胸中で答えを呟く。

(仲間の援護《えんご》、待ち？　それ以外、思いつかない……)

逃《に》げる訳でもなく、攻撃してくる訳でもない。敵の思惑《おもわく》は、恐《おそ》らく持久戦だ。

敵は足から血を流しているが、ナイフが刺さったままのためすぐ出血多量で死ぬ訳ではない。

上半身を両腕でガードし、魔力《まりょく》が練られた強固なシールドで防御《ぼうぎょ》すればどれだけ魔力で強化しても投げナイフ程度では刺さらず、即死は免《まぬか》れる。

持ち堪《こた》えている間に『ノワール』の姉妹《しまい》達を倒《たお》した仲間が来るのを待っているのだろう。

魔術師Aマイナス級の魔力を持っていれば、一時間は余裕《よゆう》であのレベルのシールドを展開し続けられる。

(援軍《えんぐん》、待ちなんて、させない)

エレナは腰《こし》に差しているナイフから一番鋭《するど》く大きい物を取り出す。

スノーの背後に回り込み、なるべく距離《きょり》を取る。

自身の背後と足下に石壁を作り出し、スノーまでの道を整える。

なのにスノーはその道を認識することができなかった。

（彼女、強い。生かしておけば、お姉様の障害、なる。だから確実に、首、落とす……！）


肉体強化術で体を補助。

手にしたナイフにも魔力を纏《まと》わせ、強化する。

投げナイフで殺せないのなら、魔術で強化した体ごとぶつかり殺害しようと考えたのだ。

狙うはスノーの細首。

エレナは魔力で強化した足で石壁を蹴《け》る！

反動で石壁が砕《くだ》けるほどの勢いでだ。

極限レベルに到達《とうたつ》した速度で両手に握《にぎ》ったナイフをスノーの首を狙い突き出す。

たとえ腕とシールドでガードしていても容易に突破《とっぱ》する威力《いりょく》が籠《こ》もった刺突《しとつ》である。

スノーの首が鋼鉄でできていたとしても軽く切断できる一撃《いちげき》を、彼女は背後から無防備に受けた――が、

「!?　どう、して！」

エレナは珍《めずら》しく大声をあげる。

彼女が両手で握り締《し》めたナイフは、狙い違《たが》わず背後からスノーの首へと突き出された。

にもかかわらず未だに彼女の首は胴体《どうたい》に繋《つな》がっていて、皮膚《ひふ》すら破けていない。

一方、エレナが握り締めているナイフは刃部分といわず握り締めている両手ごと真っ白に凍《こお》り付く。

スノーがゆっくりと背後を振《ふ》り返る。

彼女は凍り付いたエレナの腕を力強く摑《つか》む。その衝撃《しょうげき》で彼女の握り締めたナイフの刃部分が、ガラスのように砕け散り石畳へと落ちる。

「ヒィッ」

反射的にエレナの口から小さな悲鳴が漏《も》れ出た。

スノーは構わず摑んだ彼女の手に力を込《こ》める。

「リュートくんのマネはできなかったけど、師匠《ししょう》のマネはできるんだよね。魔力も馬鹿《ばか》みたいに消費するし、魔術に集中するから動けなくなるし、凄く疲《つか》れるから嫌《いや》なんだけどね」

「師匠……!?」

エレナは事前に覚えたPEACEMAKER《ピース・メーカー》メンバーの情報を思い出す。

魔術師Aマイナス級、スノー・ガンスミス。二つ名を『氷雪の魔女』。

彼女の師匠は、この世界に五人しかいない魔術師S級だ。

最強の魔術師の一角である。

スノーの師匠は全ての攻撃を体に届く前にほぼマイナス二七三・一五度《絶対零度》で凍り付かせ粉々に砕く。

故《ゆえ》に付いた二つ名が『氷結の魔女』である。

スノーは動けないことを逆手に取り、シールドに魔力を練っていると錯覚《さっかく》させつつエレナの攻撃を誘《さそ》った。

いくら姿、音、匂《にお》い、魔力を消しても直接攻撃を仕掛けてくれば本人がその場に現れる。

後は師匠の絶対零度の魔術を真似《まね》て、ナイフを運動エネルギーごと止めたのだ。

エレナは両腕を氷漬《づ》けにされ、腕を掴まれているため姿を隠《かく》すこともできない。さらに体が異常に寒い。

まるで裸《はだか》で雪原に放《ほう》り出されたようにだ。

そのせいで足だけではなく、体がガクガクと震《ふる》えて上手《うま》く動けない。

当然、スノーが凍《こお》り付いた腕からエレナの体温を直接奪い取っているのだ。

「とりあえずすぐにでもリュートくんの後を追いかけたいから、邪魔しないでね？」

「お姉、さ、ま……」

気絶するまで体温を吸い取られ、エレナは意識を失う。

倒れてきた彼女をスノーは足の痛みを堪えながら抱《だ》き留《と》め、石畳へと寝《ね》かせる。

スノーはまず足に刺さったナイフを抜《ぬ》き、治癒魔術《ちゆまじゅつ》を使いながらぼやいた。

「とはいえ、なんとか倒せたけど、師匠のマネと足の治療《ちりょう》で魔力もほぼ使い切っちゃったし、一人じゃリュートくんを追えないよ。まずは皆《みな》と合流した方がいいかな?」

無事にエレナを倒したスノーは、すぐに追いかけたい気持ちを抑《おさ》え込みつつ、冷静にこの後の方針を考え溜息《ためいき》をついたのだった。

▼

旧住宅密集地の一角。

クリスは一家の平屋家屋の陰《かげ》から顔を出し、リース、シアから受け取った予備のサプレッサー・スナイパーライフル《ＶＳＳ》を構える。

彼女は黒ずくめの少女、獣人種族二猫《じゅうじんしゅぞくふたねこ》族、魔術師Ｂマイナス級ニーアニーラの姿をとらえると、躊躇《ためら》わず発砲《はっぽう》した。

ニーアニーラは忍者《にんじゃ》のように頭から爪先《つまさき》まで黒い衣装《いしょう》を着ており、見た目通り『ノワール』の諜報《ちょうほう》や隠密《おんみつ》での警護などを担当している。

クリスが構えるＶＳＳがどんなモノか彼女は良く知っていた。

なのに回避《かいひ》する素振《そぶ》りすら見せない。

ニーアニーラではなく足下《あしもと》の影が動き、発砲されたＶＳＳ専用、九ｍｍ×三九の亜《あ》音速弾《だん》を苦もなく呑《の》み込む。

「!?」

弾《はじ》くでも、回避でもなく、まるで初めから無かったかのように黒い影へと呑み込んだのだ。

リュートやスノーから黒ずくめの少女がＡＫ四七＆ストライカー一二の攻撃を全《すべ》て影に呑み込んだとは聞いていたし、先程《さきほど》目の前で三八スペシャル《九ｍｍ》を飲み込んだのも見ているが、自身で体験すると驚《おどろ》くしかない。

「無駄《むだ》でござる。そんな児戯《じぎ》で某《それがし》の『踊影《ダンス・シャドー》』は突破できないでござるよ」

顔を頭巾《ずきん》で隠しているため出ているのは猫耳と目だけだが、得意気なのが雰囲気《ふんいき》で分かる。

彼女の特異魔術『踊影《ダンス・シャドー》』は、印を付けた影と影同士を繋ぎ移動することができる。

印を付けた影の数、移動する距離に比例して魔力を消費する。

影は魔力で操作することも可能で、ニーアニーラは自身の影と他場所の影を繋ぎ、リュート達の弾丸を受け流しているのだ。

奇《く》しくも最年少同士の戦いだが、クリスにとってニーアニーラとの相性《あいしょう》は最悪だ。

全方位から弾丸をばらまけば影を突破して彼女に傷を負わせることができるかもしれないが、クリスの得物はスナイパーライフル。

銃弾《じゅうだん》をばらまく銃器《じゅうき》とは正反対の武器である。

また『踊影《ダンス・シャドー》』は防御《ぼうぎょ》、移動だけではない。

「シャナルディアお姉様の掲《かか》げる理想郷の邪魔《じゃま》はさせないでござる！」

「!?」

クリスは直感で危機を察して、その場から離脱《りだつ》。

ニーアニーラは腕を振り抜くと影《かげ》を鞭《むち》のように撓《しな》らせ、クリスが居た場所へと振り下ろす。影は鞭のように撓りながら、刃のごとく家屋を切り裂《さ》く。

その鋭さは下手《へた》な名剣《めいけん》以上である。

影に魔力を注ぐことで武器にしているのだ。

『ノワール』の中で最年少だが、魔術師としての才覚は最もある少女である。

一方、クリスも才能という意味では負けてはいない。

彼女は無数に振り下ろされる影鞭《かげむち》を、魔力で強化していないにもかかわらず目視で全て回避してみせる。

幸い影鞭は、二本の腕で操作しなければならず、攻撃《こうげき》の手はそれ以上増えることはない。

しかし先端《せんたん》が音速を超《こ》える鞭攻撃をクリスは家屋を盾《たて》にしながらも、驚異《きょうい》的な反射神経で回避し続ける。

時折、VSSで攻撃を仕掛《しか》けるが、ニーアニーラの踊影《ダンス・シャドー》が体に届く前に呑み込んでしまう。

攻撃を互《たが》いに避《さ》けあう展開が続き、次第《しだい》にニーアニーラが苛立《いらだ》つ。

「この！　ちょこまかちょこまか！　逃《に》げるなでござる！」

「………………」

熱くなるニーアニーラとは正反対に、クリスは冷静に攻撃を回避し、VSSを発砲する。

VSSはニーアニーラの『踊影《ダンス・シャドー》』とは相性が悪いが、たとえ効果が無くても、望みの場所へ釣《つ》り出す一助にはなる。

ニーアニーラが初めから崩《くず》れていた瓦礫《がれき》の山へと足を踏《ふ》み入れる。

クリスは影鞭から大きく距離を取って回避しつつ、VSSの弾倉《だんそう》に残っている全ての弾丸を発砲し尽《つ》くす。

「何度やっても無駄でござる！」

当然、ニーアニーラは迫《せま》る弾丸の防御に意識を割《さ》く。

刹那《せつな》、彼女の足下が大爆発《ばくはつ》を起こす。

「ッッ!?」

爆発により破片《はへん》が飛び散り、クリスのところまで飛んでくる。彼女は素速《すばや》く瓦礫の陰に隠れて凌《しの》いだ。

爆発音、振動《しんどう》が収まるのを体で感じてゆっくりと瓦礫から顔を出し様子を窺《うかが》う。

ニーアニーラが立っていた瓦礫の山が彼女自身と共に綺麗《きれい》に無くなり、小さなクレーターができていた。

（お父様を想定して設置しただけあり、威力が強すぎましたね）

クリス自身、胸中で目の前の惨事《さんじ》に戦慄《せんりつ》する。

元々遺棄町の各所には魔術師A級、ダン・ゲート・ブラッド用に各種トラップが設置されていた。今の爆発もその一つだ。

クリスはVSSで『踊影《ダンス・シャドー》』を突破できないことを悟《さと》ると、自身の体と弾丸を囮《おとり》にニーアニーラをトラップがある地点まで誘導《ゆうどう》。

VSS全弾を発射して意識を逸《そ》らしつつ、トラップから伸《の》びるコードに魔力《まりょく》を流し即席爆破装置《IED》を起爆《きばく》させたのだ。

爆発の威力が上部に突《つ》き抜けるように設置されていたお陰で、ある程度しか離《はな》れていないクリスは汚《よご》れとかすり傷程度で済む。

彼女は当然、そこまで計算してニーアニーラをトラップまで誘導したのだ。

問題があるとすれば、

「やられたでござる。あの魔術師A級用に準備していた罠《わな》を忘れていたでござるよ」

「!?」

『踊影《ダンス・シャドー》』の能力がクリスの想定より圧倒《あっとう》的に高かったことだ。

即席爆破装置《IED》の直撃《ちょくげき》を受けていながら、五体満足で爆心地《ばくしんち》から離れた位置にニーアニーラが立っていた。

「『踊影《ダンス・シャドー》』の能力を知ると、大抵《たいてい》足下や密着して攻撃してこようとするでござる。だからそれ用の対策は当然確立済みでござるよ。想定外なのは威力《いりょく》でござるが……。某でなければ即死《そくし》だったでござるよ」

対策を立てていたとはいえ、完全に無効化することはできずニーアニーラは怪我《けが》を負っていた。

左腕《ひだりうで》から頭部にかけて切り裂いたように衣服が裂け、血が流れている。彼女は痛みを堪《こら》えながら、額から流れる血のため左目を瞑《つぶ》っていた。

動けなくなるほどではないが、決して軽傷とはいえない傷。にもかかわらずニーアニーラは、額や左腕の傷より、顔を隠そうとする。

即席爆破装置《IED》の攻撃で、ずっと顔を隠していた布が千切れ飛んでしまったのだ。初めてその姿を義理姉妹《しまい》以外に晒《さら》す。

二重の意味でクリスは驚いた。

一つは即席爆破装置《IED》の直撃を受けたにもかかわらず、ニーアニーラが無事だったこと。

一つは彼女の顔の左側に大きな火傷跡《やけどあと》があったことだ。

火傷跡は喉《のど》と鎖骨《さこつ》の一部にまで達しているため、無事な右手だけでは隠し切ることができない。

歳《とし》が近いクリスが息を呑む姿に、ニーアニーラは自嘲《じちよう》の笑《え》みを作る。

「この火傷跡がそんなに珍《めずら》しいでござるか？　別にたいした理由でできたわけではござらんよ」

ニーアニーラが語る。

幼い頃《ころ》、彼女は獣人大陸で両親共々行商人として街から街へと旅をしていた。その移動中に盗賊《とうぞく》に襲《おそ》われた時にできた火傷だ。

当時、ニーアニーラに魔術師としての才能はあったが幼すぎた。妹と両親は殺害。ニーアニーラも魔術によって顔に火傷を負った。

そして殺されるギリギリのところで、シャナルディア達に助けられたのだ。

火傷の傷が深すぎて、彼女の顔の傷跡《きずあと》を消すことはできなかった。命を取り留めるだけで精一杯《せいいっぱい》だったのだ。

珍しい話ではない。

ココノの両親も行商人で、盗賊ではないが魔物《モンスター》に襲われ殺されている。

この異世界ではよくある話だ。

ニーアニーラの瞳《ひとみ》に力が籠《こ》もる。

「でもこんな当たり前がある世界は間違《まちが》っているでござる！　もう二度と某のような者を生み出さない理想郷を作り出すとシャナルディアお姉様は約束してくださったでござる！　そのお姉様の邪魔は某達がさせないでござるよ！」

血を吐《は》くような叫《さけ》び。同時にニーアニーラは火傷を覆《おお》っていた右手を振《ふ》り、クリスへ向け影鞭を走らせる。

彼女はニーアニーラの気迫《きはく》に飲まれ反応が遅《おく》れてしまう。

彼女は反射的にVSSを盾にすることで、その一撃《いちげき》をギリギリ防ぐ。

もしVSSを間に挟《はさ》み軌道《きどう》をずらさなければ、影鞭はクリスの喉を切り裂いていただろう。だが、VSSは破壊《はかい》され使い物にならなくなってしまう。

地面を転がるようにニーアニーラから距離《きょり》を取りつつ、サブ・アームのUSPを抜《ぬ》き発砲するが、ほぼ同時に影鞭が銃身《バレル》に刺《さ》さり食い込む。

出口を塞《ふさ》がれた銃弾が暴発し、銃身を吹《ふ》き飛ばす。

クリスは反射的にUSPを手放し、さらに後方へと転がり距離を取った。

立ち上がると同時に、腰《こし》に差していたナイフを抜き構える。

目の前で暴発したため無傷とはいかず、破片が彼女の頬《ほお》を切り血を滲《にじ》ませていた。

その姿にニーアニーラは酷薄《こくはく》な笑みを浮《う》かべる。

もうろくな武器がないクリスを前に勝利を確信したのだ。

「……戦ってみて分かったでござる。お主が一番PEACEMAKER《ピースメーカー》で厄介《やっかい》な存在でござるよ。その射撃《しゃげき》技術の高さから放たれる攻撃は、某達の腕をかいくぐりお姉様の命に届く。だから、某の命に代えてもお主はここで殺すでござる！」

宣言通り、自身の治療《ちりょう》よりクリス殺害を優先し襲いかかってくる。

大火傷した跡を隠《かく》そうともせず、頭から突っ込む勢いで突撃《とつげき》し、無事な右腕で影鞭を振るう。

鬼気《きき》迫《せま》る表情とは今の彼女のことを言うのだろう。

「ツゥ！」

クリスはナイフ一本でなんとか影鞭の攻撃を凌《しの》ぎ後退する。

一方、ニーアニーラは激しく影鞭を振るいながら焦燥《しょうそう》に駆《か》られていた。今、クリスを逃《に》がし装備を調《ととの》えられたら次は負ける可能性が高い。

自身は傷を負い魔力を消費し、血を流し過ぎた。もう一度、即席爆破装置《IED》の上に誘《さそ》われ直撃を受けたら今度こそ確実に死ぬ。

「あぁぁあっぁぁぁぁあぁあッ！」

ニーアニーラが右腕で影鞭を振るって、クリスがナイフで弾《はじ》く。その僅《わず》かな隙《すき》を狙《ねら》って、肉体強化術で補助した体でニーアニーラは体ごとクリスへタックル。

しかも未《いま》だに血が流れる傷口がある左側でだ。

怪我《けが》を負っている左側の攻撃は無いと、無意識で除外していたクリスの油断が招いた事態である。

ニーアニーラは激痛を堪えながら、自分もろともクリスと一緒《いっしょ》に影《かげ》の中へと沈《しず》む。

二人は影を通って吹き飛ぶように別の場所へと移動する。

移動した場所は遺棄された町にある地下室だ。

広さは小学校教室一つ分ぐらいで、荷物は全《すべ》て運び出されているが天井《てんじょう》は低く実際より狭《せま》い印象を与《あた》える。

体重の軽いクリスが突然《とつぜん》のタックルで地下の壁際《かべぎわ》まで吹き飛び、ニーアニーラは傷の痛みに悶《もだ》えつつも勝利を確信し口元に笑みを作った。

クリスは先程《さきほど》まで目の良さを生かし、広い場所で動き回り影鞭を回避《かいひ》していた。ニーアニーラは狭い場所に移動することで彼女の行動を制限し、逃げ道を完全に潰《つぶ》したのだ。

ニーアニーラは息を切らせながら不敵な笑みを作る。

「もうこれで逃げられないでござる。ここでお主は確実に殺す……ッ」

「…………」

執念《しゅうねん》にも似た殺意が叩《たた》きつけられる。

だがクリス自身、何度も修羅場《しゅらば》をくぐってきた。軽く息を吸い、吐く。

光源も無い暗く狭い地下室。出入り口らしき鉄扉《てっぴ》はニーアニーラの背後にあるため、脱《だっ》出《しゅつ》は難しい。得物である銃器《じゅうき》は全て破壊された。

どれだけ客観的に考えても、クリスが圧倒的不利な状況《じょうきょう》である。

にもかかわらず、彼女は未だ強い光を宿した瞳でニーアニーラを見返す。

ニーアニーラも、クリスを強い意志を宿した瞳で睨《にら》み返した。

「行くでござる！」

彼女が右腕を振り抜くと影鞭《かげむち》が連動する。

ニーアニーラはさらに治癒《ちゆ》をまだしていない左腕を動かし、二本目の影鞭を振るう。

彼女は奥歯を嚙《か》み砕《くだ》くように激痛を耐《た》える。左腕を振るうたび、埃《ほこり》っぽい地下室に血が舞《ま》い散る。

二本の鞭《むち》がまるで一〇本、一〇〇本に錯覚《さっかく》される鬼気迫る乱舞《らんぶ》。

そんな一身不乱な攻撃《こうげき》をクリスは、ナイフ一本で防ぎきる。

影鞭をナイフで弾き、体を床《ゆか》につくほど沈め、飛び、背中を反らし、横へと向けて回避し続けた。さすがに無傷とはいかず肩《かた》や頰、喉、腕、足が浅く切られ血を滲ませる。

髪《かみ》の毛が数本切られ、空中を舞い、さらに細かく切断されてしまう。

だが、クリスは一度も致命傷《ちめいしょう》を受けず回避し続ける。回避、回避、回避、回避、回避！

先に息が上がったのはニーアニーラだった。

彼女は肩で息をし、汗《あせ》を形の良い顎《あご》から滴《したた》らせる。しかし、その瞳は傷の痛みを忘れて自身の猛攻《もうこう》を回避し切ったクリスに魅入《みい》っていた。

「お主は……怪異《かいい》の類《たぐい》でござるのか？」

「…………」

ニーアニーラが驚愕《きょうがく》するのも無理はない。

肉体強化術で体を補助し全力で攻撃をしているのに、クリスは最低限の補助で回避し続けたのだ。しかも一番強化が必要な視覚には魔力を一切《いっさい》使っていない。

クリスは魔術師ではないので、ニーアニーラのような使い方はできないのだ。にもかかわらず先程の攻撃をかわしきった。

怪異、化け物と思われてもしかたがない。

暗闇《くらやみ》の中、クリスの赤い瞳がぼんやりと浮かぶ。

「ッ！」

ニーアニーラは反射的に半歩だけ後退ってしまう。

だが、すぐに彼女は踏《ふ》みとどまり、覚悟《かくご》を決める。

「……どうやらここが某《それがし》の死に場所のようでござるな。刺し違《ちが》えてでもお主はここで殺す！」

再びニーアニーラは腕を振るう。

腕が千切れても構わない覚悟で振るい続ける。

「あああぁあぁあぁぁあっぁぁぁ！」

それでもクリスには未だ届かない。まるで未来が視《み》えているかのごとく回避されてしまう。しかし無傷とはいかない。

少しずつ、体を削《そ》ぐように小さな切り傷が増えていく。塵《ちり》も積もれば山となる。

いつか小さな傷がクリスの動きを鈍《にぶ》らせて、彼女の命に届くと信じてニーアニーラは腕を振るう。

(この怪異だけはここで殺さなければ！　ここで逃《に》がせば必ずシャナルディアお姉様の害になるでござる！)

その怪物《かいぶつ》、クリスが攻撃の合間を縫《ぬ》い手榴弾《しゅりゅうだん》を投擲《とうてき》してくる。

「!?」

覚悟を決めているニーアニーラもこれには目を見開く。

(黒い玉。手榴弾という爆弾《ばくだん》でござるか!?　踊影《ダンス・シャドー》！)

彼女は爆発《ばくはつ》を嫌《きら》い『踊影《ダンス・シャドー》』で別の場所へと手榴弾を飛ばそうとする。

ニーアニーラは攻撃を『踊影《ダンス・シャドー》』で別の場所へと飛ばす防御《ぼうぎょ》方法を多用する。

実際、『踊影《ダンス・シャドー》』は優《すぐ》れた防御方法だ。並大抵《なみたいてい》の攻撃ではニーアニーラに掠《かす》り傷すら付けることは叶《かな》わない。

故《ゆえ》に彼女はほぼ自動的に、いつもの癖《くせ》で『踊影《ダンス・シャドー》』を防御に使う。

だが結果として攻撃より防御を優先し、薄紙《うすがみ》のような隙を生み出す。

クリスはそれを見逃《みのが》さず、すでに行動を終わらせていた。

彼女は耳を両手で押さえて、目を固く瞑《つぶ》り、口を半開きにする。顔部分だけ残り少ない魔力《まりょく》でシールドを展開。

刹那《せつな》、地下室を太陽が出現したかのような明るさが覆い尽《つ》くす。

明るさだけではない。

まるで全身の骨を折るかのような、激しい衝撃《しょうげき》と爆音《ばくおん》がニーアニーラを襲う。

彼女は完全に不意打ちの衝撃と爆音、閃光《せんこう》に耐えきれず床へと倒《たお》れてしまった。目は光に塗《ぬ》りつぶされ、耳は爆音で鼓膜《こまく》に大ダメージ、さらに衝撃によって全身に激痛が走る。

『どうやら上手《うま》くいきましたね』

ニーアニーラの目がやや回復し、クリスへと向けると彼女はミニ黒板に文字を書き、肩で息をしていた。

クリスが新しく指を動かし、ミニ黒板に文字を書く。

『貴女《あなた》の間違いは私をこの密閉された地下空間に連れてきたことです。ここなら銃弾《じゅうだん》すら防ぐ踊影《ダンス・シャドー》でも、特殊音響閃光弾《スタングレネード》は防げません』

（すたんぐれねーど……PEACEMAKER《ピースメーカー》が使っている爆弾の一つだったでござる。あれは敵を無力化するためのモノでここまで威力《いりょく》が強いはずではなかったでござる……）

ニーアニーラは特殊音響閃光弾《スタングレネード》を手榴弾に近いモノだと勘違《かんちが》いしているが、まったくの別物だ。

特殊音響閃光弾《スタングレネード》は、手榴弾とは違って殺傷目的で破片《はへん》を飛び散らさないため、『非致死《ひちし》性装備《せいそうび》』に位置づけられている。

瞬間《しゅんかん》的に一七五デシベルの大音量と二四〇万cd《カンデラ》の閃光を浴びたら、どんな人物でも耐えられない。

特に野外より、クリス達が現在居るような窓もない地下室など密閉空間でその力を発揮する。

特殊音響閃光弾《スタングレネード》の衝撃波《しょうげきは》は強く、その威力は窓ガラスを吹き飛ばし、壁《かべ》にかかっている時計を壊《こわ》すほどだ。

前世の地球、特殊《とくしゅ》部隊員が犯人の立て籠《こ》もっている建物内に特殊音響閃光弾《スタングレネード》を投入し、バリケードに当たって跳《は》ね返ってしまった。

足下《あしもと》で特殊音響閃光弾《スタングレネード》が爆発し、足を骨折させる事件が起きたほどである。

銃弾すら防ぐ踊影《ダンス・シャドー》でも、音速の衝撃と光速の閃光を近距離《きんきょり》で同時に防ぐことは不可能だ。

クリスがニーアニーラを見下ろし、ミニ黒板に文字を書く。

『貴女が姉に希望を抱《いだ》き慕《した》っているように、いいえ、それ以上に、私はリュートお兄ちゃんを愛しています。そんなリュートお兄ちゃんを私達から奪《うば》うなんて絶対に許しません。たとえ世界を敵に回してもです！』

ニーアニーラはクリスの文字を読み切ると限界を超《こ》え意識を落とす。

彼女が気絶したのを確認《かくにん》して、クリスも耐えきれずその場に座り込んでしまう。

終始余裕《よゆう》そうに見えたクリスだったが、実際は限界が近かった。

最後、特殊音響閃光弾《スタングレネード》を使用する際、シールドを展開するためずっとニーアニーラの猛攻に対して、魔力を最低限しか使わず回避しなければならなかった。

いくらクリスの目がいいからといって、完全に綱渡《つなわた》りの状態だった。回避《かいひ》途中《とちゅう》何度も致命傷を負いそうになった攻撃があった。

ニーアニーラを倒せたのも、運が良かっただけだ。

（とりあえず早く皆《みな》さんと合流しないと……でも、さすがに疲《つか》れました。少し休憩《きゅうけい》してからにしましょう）

意識を失うほどではないが魔力が切れそうで満身創痍《まんしんそうい》のため、クリスはすぐに移動せず休憩を選択《せんたく》する。

彼女は暗い地下室で、ようやく安堵《あんど》の息を吐《は》き出すことができたのだった。

▼

先程までスノー達が居た場所でも睨み合いは続いていた。

PEACEMAKER《ピースメーカー》の護衛メイド長シアは、背後に居る傷ついたダン・ゲート・ブラッドと彼の傷を治癒するメイヤ・ドラグーンを『ノワール』の一人から護《まも》るように立っている。

シアの相手は額からユニコーンのような角が生えている女性だった。しかし額の角より、着ている衣装《いしょう》に目が行く。

顔半分をレースで隠《かく》し、ブラとパンツ、腰《こし》に巻いたガンベルトのような物以外身に着けていない。そのため女性らしい肉付きのいい胸、くびれた腰、肌《はだ》が遠慮《えんりょ》なく露出《ろしゅつ》している。まるで酒場や舞台《ぶたい》に立つ踊《おど》り子《こ》のような衣装の女性だ。

彼女はシア達ではなく、別の方角へと視線を向け溜息《ためいき》を漏《も》らす。その先にリースと彼女の実姉《じつし》であるララが移動していた。

「まさかあの方がララお姉様の実妹《じつまい》とは驚《おどろ》きですわ。今回の戦いで可愛《かわい》い義妹《いもうと》を酷《ひど》い目に遭《あ》わせた彼女をこの手で殺す予定でしたのに。ララお姉様の妹なら見逃すしかありませんが、痛い目には遭ってもらわないといけませんわね」

「………………」

シアの前で『リースを痛い目に遭わせる』と宣言。

当然、リースを主《あるじ》として敬い護衛メイドとして長年仕えているシアから、明確な殺気が向けられる。

踊り子衣装のメリッサは、気にせず話を続けた。

「問題はシャナルディアお姉様の思想を受け入れられるかどうかですが」

メリッサはようやくシアへと目を向ける。

「わたくし達は魔王《まおう》様を復活させそのお力で、シャナルディアお姉様の下、差別や貧困《ひんこん》、飢《う》えや苦しみのない理想郷を作り出しますわ。もし貴女の主がこの崇高《すうこう》な理念を理解し我々の仲間になるとしたら、この戦いは意味が無いと思うのですが。あちらの答えが出るまで暫《しば》し休戦する方がいいと思いますの。いかがかしら?」

『その場合、殿方《とのがた》の治療《ちりょう》の手を止めていただかないと困りますが』と付け足す。

ダンを治癒するメイヤが視線を向けられ、びくりと肩を震《ふる》わせる。

「……主に従うのがメイドの務めです」

「なるほど。ではあちらの話し合いが終わるまでわたくし達は待機ということでよろしいですわね?」

「ですが、主の間違《まちが》いを正すのもメイドの務めかと」

シアの答えに、メリッサは形の良い眉《まゆ》を吊《つ》り上げるが、表面上は平静を取り戻《もど》す。相手の言葉にすぐ反応を示すのは淑女《しゆくじよ》のすることではないと判断したようだ。

彼女は午後、春の木漏《こも》れ日が差し込むテラスでお茶会をする貴族令嬢《れいじよう》のような優美さで、溜息を漏らす。

「シャナルディアお姉様の掲《かか》げる崇高な理念を理解しないとは……。本当にやれやれですわ。ですが何事も前向きに考えましょう。後ろ向きの考えは淑女的ではありませんもの。貴女も北大陸《きた》でララお姉様の妹君と一緒《いつしよ》に、わたくしの可愛い義妹をイジメてくださいましたわよね？　その報《むく》いを与《あた》えられると考えましょう！」

メリッサは『先手必勝』とばかりに腰から下げているガンベルト擬《もど》きから一つ小さな陶《とう》器瓶《きびん》を取り出し、地面へと叩《たた》きつけ割る。

風魔術《かぜまじゆつ》で中身の薬物をシア達へ向けるが、

「!?　きゃぁ！」

メリッサの目の前で爆発が起きる。彼女は咄嗟《とつさ》にシールドを展開。爆発の衝撃で薬も散ってしまう。

シアは彼女の攻撃《こうげき》を察知して、攻撃用『爆裂手榴弾《ばくれつしゆりゆうだん》』を使用していた。

手榴弾は攻撃用『爆裂手榴弾』と防御用『破片手榴弾』の二種類が存在する。

爆裂手榴弾は『爆発した時の衝撃波』によってダメージを与える手榴弾だ。

威力は遮蔽物《しゃへい》の無い空間であればほぼ均等で威力は高いが、均一殺傷半径は約一〇mと破片手榴弾に比べると狭《せま》い。

これは投擲手が身を隠す場所のないところでも使えるように（巻き込まれないように）したためである。

シアは薬物を散らすため爆裂手榴弾を使用したのだ。もちろんメイヤとダンに被害《ひがい》が及《およ》ばないようシールドで保護済み。

シアはメリッサが怯《ひる》んでいるうちに、スカートの下からコッファーを取り出す。

その様子を目撃《もくげき》したメリッサは手榴弾攻撃より顔を赤くし、注意する。

「婦女子が人前でスカートをめくるなんてはしたないですわ！　女性ならもっと淑女らしく振《ふ》る舞《ま》いなさい！」

「護衛対象を護るための措置《そち》なので、護衛メイドとして問題はありません」

「そ、それならいいのかしら？」

シアに即答《そくとう》され、メリッサは微妙《びみょう》に納得《なっとく》してしまう。

そんな彼女へシアは容赦《ようしゃ》なく、コッファーの側面を向け、取っ手にあるスイッチを二回連続で押す。

側面からMP五K、別名『部屋箒《へやぼうき》』と呼ばれる火力が高い短機関銃《サブマシンガン》から、九mm《九m》・パラベラ《m》ム弾が毎分九〇〇発で発射される。

「きゃぁ！」

再びメリッサは女性らしい悲鳴を漏らす。

メリッサはシールドで九ｍ《九》ｍ・パ《m》ラベラム《m》弾を弾《はじ》きながら、何とか攻勢《こうせい》に出ようとガンベルト擬きから小さな陶器瓶を取り出し投擲《とうてき》する。

しかし、悉《ことごと》くシア達に届く前に撃《う》ち落とされるか、爆裂手榴弾で薬を散らされてしまう。

メリッサはあくまで『ノワール』の薬師《くすし》。戦いは得意ではない。とはいえ大抵《たいてい》の魔術師《まじゅつし》なら専門分野の薬物を駆使《くし》して無力化や殺害することができる。

一方、シアはＰＥＡＣＥＭＡＫＥＲ《ピース・メーカー》で最も気配察知を得意としている。

先程《さきほど》のリュート無力化は姿等を消すエレナの特異魔術による力が大きいが、タネさえ分かれば防ぐことは難しくない。

むしろ気配察知に長《た》けているシア相手では、メリッサがいくらフェイントや目くらましで薬物投擲のタイミングをずらしても簡単に防がれてしまう。

メリッサにとってシアは相性《あいしょう》の悪い相手だった。

数回の攻防《こうぼう》でその事を彼女も理解し、攻撃の手を止める。

「……わたくしではどう頑張《がんば》っても、貴女とは相性が悪くて勝てそうにありませんわね。

大見得切ったあげくこの結果とは情けないですわ」

「降伏《こうふく》するならお早くお願いします。自分も治療に参加して一刻も早く皆様《みなさま》の加勢に向かい、若様をお救いしたいので」

「お気持ちは理解できますが、それはお互《たが》い様《さま》ですわ。わたくしも早く貴女方を倒《たお》し、義姉妹《しまい》達の援護《えんご》に向かいたいんですもの。ですから、あまり淑女らしくない手を使わせていただきますわね」

メリッサはシア達に背を向け、住宅街へと逃走《とうそう》した。

あまりに急な行動変化に、シアとメイヤは何もせず彼女の背を見送ってしまう。

十秒後。ダンの治療をしているメイヤが指摘《してき》した。

「シアさん、追いかけなくてもよろしいのですか？」

「……メイヤ様とダン様から自分を引き離《はな》した後に、別の者がメイヤ様達を襲《おそ》うという罠《わな》の可能性があります。なので追撃《ついげき》はしません」

とはいえシアは考える。

このタイミングで彼女が逃走した理由を。

「……!?」

『ガァアアァァッアァアアァアアァアァアァッ！！』

シアがその理由に気付いた時には遅《おそ》かった。

本能を剝《む》き出しにしたようなギギの遠吠《とおぼ》えが響《ひび》き渡《わた》る。

『ノワール』が登場後、筋肉少女であるピラーニャに殴《なぐ》り飛ばされたギギは、住宅街まで吹《ふ》き飛んでしまっていた。

メリッサはそんなギギに『何か』をするために住宅街の方へと駆《か》け出したのだ。

メイヤとダンを護るためシアの意識から彼の存在が完全に抜《ぬ》け落ちていた。

踊り子衣装のメリッサが、背後にギギを連れて戻ってくる。

シアはギギを人質《ひとじち》に取るつもりかと考えていたが、拘束《こうそく》せずまるで従者のごとく引き連れていることに困惑《こんわく》した。

「お待たせして申し訳ありませんわ。ピラーニャに殴り飛ばされ意識を失っていた殿方を薬物で操《あやつ》るのに少々手間取ってしまって。殿方に近付くのが嫌《いや》で時間がかかってしまったんですの」

メリッサは頰《ほお》に手を当て溜息を漏らす。

「こんな事でもなければ殿方に近付くなんて嫌でたまりませんわ。何より他者に戦いを任せるのは淑女としてあまり感心できませんもの。ですが、お姉様や義姉妹達の足を引っ張るよりはマシですわ。ギギさんだったかしら？　よろしくお願いしますわね」

「ガァァァァァァ！」

彼女の言葉を合図に、理性を失った瞳《ひとみ》でギギがメイヤ達に向かって突撃《とつげき》する。シアは弾《たま》切れのコッファーを盾《たて》にギギの拳《こぶし》を防ぐ。

「ぐぅッ！」

その速度と拳の威力《いりょく》は、シアから余裕《よゆう》の表情を奪《うば》うほどだった。

先程まで苦戦していた相手から余裕を奪ったことで、メリッサは沈《しず》んでいた機嫌《きげん》を持ち直す。

彼女は得意気に語った。

「意識を混濁《こんだく》させ操るだけではなく、反動が大きいですが魔力《まりょく》を一時的に増大させる薬物も使用していますの。さらに意識が混濁しているため、普段《ふだん》体が傷つかないよう無意識のうちに力を加減していますが、今はそれを無視して動かしていますの。故《ゆえ》にその力を見誤っていると手痛い目に遭いますわよ。ただ意識を混濁させて本能を剝き出しにするために、理性を失い肉体強化術ぐらいしか使えなくなるのがデメリットですが。これは今後の課題ですわね」

メリッサの言葉通り、ギギの攻撃が空振《からぶ》り、石畳《いしだたみ》を砕《くだ》いたその腕《うで》が地面に突《つ》き刺《さ》さる。引き抜かれた腕は筋肉が切れ、皮膚《ひふ》が破け血が滲《にじ》んでいた。にもかかわらずギギは無視して飢えた肉食獣《にくしょくじゅう》のようにシアを追いかけ回す。

シアはどうやってギギを殺害せず無力化するかを考える。

考えながら、時折、コッファーで殴ったり、攻撃魔術を放つことで意識を常に自分へと向けさせる。

もしあの状態でシアではなく、戦闘能力が無いメイヤ達に向かわれたら最悪の事態になることは想像に難《かた》くない。

一方でギギの相手をしている間に、メリッサがただ傍観《ぼうかん》しているはずがない。

彼女は小さな陶器《とうき》の瓶《びん》を取り出し、メイヤ達に近付こうとする。そのたびにシアがスカート下から新たに取り出したUSPを発砲《はっぽう》し、彼女達に近付かせないように牽制《けんせい》。

いくらシアが優《すぐ》れた護衛メイドでも、この状態を維持《いじ》するのは不可能に近い。

「!?」

シアの体勢が崩《くず》れる。

ギギの攻撃を回避《かいひ》し、着地した先の石畳が崩れていることに気付いていなかったのだ。

足を取られて挫《くじ》いてしまう。

本来であれば敵から距離《きょり》を取り、足を治癒《ちゆ》魔術《まじゅつ》で癒《いや》せばいいが、今その選択《せんたく》をした場合、操られているギギがメイヤ達を襲う可能性が高い。

仮に注意を引きつつ、ギギをメイヤ達から引き離しても今度はメリッサがフリーになる。僅《わず》かな逡巡《しゅんじゅん》。

地面に膝《ひざ》をついたシアに、拳を振り上げたギギの影《かげ》が重なる。

彼女はコッファーを盾にし、腕で支える。

自分が殴られ注意を引きつつその間に足を治癒し、メリッサも牽制する選択を選ぶ。

シールドを展開しつつ足を治癒する余裕はないため、多少の怪我《けが》や出血などの覚悟《かくご》を素《す》早《ばや》く固めた。

「……ギギよ、いくら意識を失っているとはいえ、婦女子に手をあげるのは紳士《しんし》的ではないぞ」

理性を失っているはずのギギが拳を止める。

彼は声がした方へと顔を向けた。

視線の先に一人の男性、いや、紳士が立っていた。

銀毒に冒《おか》され、背中を深く切られ、大量の出血をしたダン・ゲート・ブラッド伯爵《はくしゃく》が、まるで何事も無かったかのように立ち上がっていたのだ。

メイヤが慌《あわ》てて止める。

「ちょ、ちょっと待ってくださいまし！　傷口が完全に治癒してませんわ！　それにまだ銀毒が抜けきっていないのに戦うなど無謀《むぼう》もいいところですわよ！」

「はははっはっはは！　大丈夫《だいじょうぶ》！　メイヤ殿《どの》の治癒のお陰《かげ》で傷口も大分塞《ふさ》がったからな！　それに我輩《わがはい》の部下が迷惑《めいわく》をかけているのだ。寝《ね》ているなどできんよ」

「ガァァァァァァ！」

「ッぅ⁉」

「メイヤ殿はシア殿の所へ。足の治癒をしてあげるといい」

ギギの雄叫《おたけ》びに息を呑《の》むメイヤの前に立ち、それ以上怖《こわ》がらせないように視界を遮《さえぎ》りつつ指示を出す。

まさに紳士的行動である。

一方ギギはメイヤとシアに目もくれず、一直線にダンを目指し突撃。拳を振り上げる。

ダンはギギの拳を避《さ》けようともせず、腹部へと受けた。

「ガァァァァァァ！」

「むぅ！」

ギギは止まらずに強化された肉体強化術を使用し、自分自身の損傷を無視した攻撃《こうげき》を繰《く》り出し続ける。暴風のような攻撃にさらされているのに、ダンは一切防御《いっさいぼうぎょ》体勢を取らない。

銀毒の影響《えいきょう》があるため、未《いま》だ魔術が使えず素の状態で暴走したギギの攻撃を受け続ける。

鳩尾《みぞおち》、脇腹《わきばら》、肩《かた》、太股《ふともも》、胸部、首、顔面——全身余すところなく殴られ、蹴《け》られた。

常識的に考えればぐちゃぐちゃの肉片《にくへん》になっているはずである。

「あ、ありえませんわ……」

メリッサはシアとメイヤに攻撃をするのも忘れて、目の前の光景に呆然《ぼうぜん》と見入ってしまった。

なぜならダンはギギの攻撃を受け続けているのにもかかわらず、未だに立っているからだ。

ギギの暴風のような攻撃を鍛《きた》え抜かれた筋肉によって弾いているのである。

第三者からするとアクション映画の撮影《さつえい》か、ヒーローショーにしか見えない。もしくは子供が大人にじゃれついているような光景だ。

ギギが止まる。

攻撃に疲《つか》れて、自然と止まってしまったのだ。

そんな彼をダンは見つめながら呟《つぶや》く。

「……筋肉が泣いている。無理矢理動かされて泣いている。そんな筋肉では我輩を倒すことなど永遠にできぬぞ！」

彼は皆《みな》に対して背中を向けた。

背中越《ご》しに声をかける。

「ギギよ！　筋肉達よ、今、思い出させよう！　己《おのれ》の本来の姿を！　自由を！　魂《たましい》を！　フンヌバァアアァッァアアアァアアァッァアァッ！」

ダンは叫《さけ》び声と共に力強く両腕《りょううで》を折り曲げる。

腕を曲げ背中の筋肉に力を入れることで、深い凹凸《おうとつ》ができあがった。その凹凸はとても複雑で、陰影《いんえい》が濃《こ》く突如《とつじょ》目の前に広大な渓谷《けいこく》が出現したかのような錯覚《さっかく》を見る者全《すべ》てに与《あた》える。

背中だけではなく二の腕、鉄球が付いたような肩、ズボンの下からでも分かるほど膨《ふく》れあがった太股、脹《ふく》ら脛《はぎ》──全身を余すことなく見せつけてくる。

ダブルバイセップス・バックと呼ばれる背中の筋肉を強調し、アピールするポージングだ。

シア、メイヤだけではない。

理性を失い本能で動いているギギや男性嫌《ぎら》いのメリッサですら、ダンの背中に魅入《みい》ってしまう。

ララに切られた傷口が右肩《みぎかた》から左脇腹《ひだりわきばら》にうっすらと痕《あと》を残す。その痕すら美しい。どんなモノでも極限に行き着いた、突き詰《つ》めたモノには美が宿る。

のだ！

ダン・ゲート・ブラッドの鍛えに鍛え抜かれた筋肉が、見る者全ての魂を震《ふる》わせている

「!? あ、ありえませんわ！　わたくしが筋肉に、男性に見惚《みと》れるなどありえませんわ！」

最初に我に返ったメリッサが、自分自身を非難するかのごとく叫ぶ。

憎《にく》しみと悔《くや》し涙《なみだ》を浮《う》かべた瞳で、彼女は喉《のど》を裂《さ》くように指示を出す。

「今すぐあの男を殺しなさい！　早く！　早くあの男を殺してェエェッ！」

「グウウゥゥッ……」

メリッサの指示に駆け出すどころか、ギギはその場に膝を突いてしまう。

ギギは薬で意識を奪われているにもかかわらず、拒絶《きょぜつ》するように動かない。さらに彼は驚愕《きょうがく》の行動を取る。

ナイフのように鋭《するど》くなっている爪《つめ》を、自分の太股へと突き立てたのだ。出血するのも構わずグリグリと指を動かし、抉《えぐ》る。

「ガァアアァッァアアァァアァッ！！」

走り抜ける激痛にギギは叫び声をあげた。

それでもまだ痛みが足りないのか、さらに力を込《こ》めて太股を抉る。

再び声をあげると、

「ガァ……だ、んな様、申し訳、ググギィ、申し訳、ございません……ッ」

ギギは両太股から血を流しながら激痛に悶《もだ》える叫びではなく、理性が伴《ともな》う謝罪を口にしたのだ。

「あ、ありえませんわ！　ありえませんわ！　自力で意識を取り戻《もど》すなんて！」

「ははははは！　知らなかったのか？　筋肉に不可能はないのだ！」

ダンは皆に向き直り、自信満々に断言する。

メリッサは力強く断言されたため、半ば信じかけていた。

実際はギギの強い忠誠心が、ダンの鍛えに鍛え抜《ぬ》かれた筋肉とポージングを目にして使命を自身に思い起こさせたのだ。

『裏切り奴隷《どれい》に落としてしまった旦那《だんな》様を屋敷《やしき》に連れ帰る』と。

ほぼ反射的に薬の効果を超えるため太股を抉り、激痛を自ら与えることで理性を取り戻すことに成功したのである。

意識を取り戻しても、薬の効果と激痛、自身で傷つけた太股のせいで動くことは敵《かな》わないが、残るはメリッサのみ。

皆の視線、特にダンに目を向けられるとメリッサは青い顔で後ろに一歩、二歩と後退る

――が、途中《とちゅう》で踏《ふ》みとどまる。

怯《おび》えてはいるが、敵意は衰《おとろ》えるどころか炎《ほのお》のように燃えさかっていた。

浅く激しい呼吸を繰り返しながら、彼女はダンを睨《にら》みつける。

「許さない。お姉様の理想を汚《けが》すモノは絶対に許さない！　魔術師A級ダン・ゲート・ブラッド。貴方《あなた》はリュート様が銀毒で弱らせたところを強襲《きょうしゅう》し始末する予定でした。ララお姉《ねえ》様の提案でしたが、わたくしを含《ふく》め他義姉妹《しまい》達は『慎重《しんちょう》過ぎないか』とお姉様に意見しましたわ。けれど今、確信しました。ララお姉様の意見は正しかったと。まさか銀毒で弱っていてまだこれほどとは！　PEACEMAKER《ピースメーカー》より、貴方一人の方が何倍も危険！　最大の障害になる！　弱っている今、絶対に殺しますわ！」

メリッサがベルトから陶器瓶《とうきびん》を取り出す。

彼女は躊躇《ちゅうちょ》無く、瓶の蓋《ふた》を開け中身を飲む。

空になった陶器瓶を地面に叩《たた》きつけて割るのと同時に、メリッサの魔力《まりょく》が増大した。

「先程《さきほど》、殿方《とのがた》に使った魔力増強液ですわ。彼と違《ちが》って安全量を大幅《おおはば》に超《こ》えて服用していますから、反動でどのようになるかわたくし自身も分かりませんが……刺《さ》し違えても貴方は殺す！　シャナルディアお姉様に対する忠誠心を侮《あなど》るなですわ！」

彼女は腰《こし》からナイフを抜き、両手に握《にぎ》り締《し》める。

左右のナイフ刃《ば》の色は銀ではなく、右手が紫《むらさき》、左手が黒くなっていた。どちらも一級の即死毒《そくし》だ。

かすっただけで大型獣《おおがたじゅう》すら即死する一品である。

彼女は目から血の涙を流し、口から唾液《だえき》が溢《あふ》れ出すのも構わず獣《けもの》のように身をかがめる。

メイヤに足を治癒されたシアが無言でコッファーを盾《たて》に、USPを手にダンを護《まも》る位置に着こうとするが、

「構わぬ。レディーからの指名だ。紳士として受けねばならぬ」

シアは彼の指示に迷わず一礼し、大人しく引き下がる。

一方、メイヤはギギの側へ駆《か》け寄り治癒魔術《ちゆまじゅつ》を使いながら抗議《こうぎ》の声をあげた。

「な、何をやっているのですか！　敵に合わせる必要はありませんわ。二人がかりでぼこぼこに倒《たお》してくださいまし！」

非戦闘員であるメイヤが身も蓋もないことを叫ぶが、ダンもシアも耳を貸さない。

ダンは娘《むすめ》を出迎《でむか》える父親のように両手を広げ笑顔《えがお》で叫ぶ。

「さぁ、遠慮《えんりょ》無く来るがいい！」

「あぁぁあああぁあぁぁぁぁぁあぁぁぁあぁぁッ！」

メリッサは雄叫《おたけ》びをあげ地を蹴る。

増強した魔力で強化された脚力《きゃくりょく》によって、獣のように一直線に真っ直《す》ぐ両手を広げたダンへと突撃《とつげき》。

二人は正面から激闘《げきとう》する。

「あぁぁぁあぁぁぁぁぁあぁぁぁあぁぁぁあぁぁぁぁぁッ！！！」

「ぬうううぅぅぅぅうぅぅぅぅうぅぅぅぅぅッ！！！」

メリッサの刺突《しとつ》攻撃を回避《かいひ》せず、ダンは両刃《りょうば》とも腹部へと受け入れた。ガリガリと石畳《だたみ》を踵《かかと》で削《けず》りながら倒れることなく受け止める。

ダンの魔力は未だに銀毒によって回復し切っていない。

にもかかわらず、正面から吹《ふ》き飛ばされることなくメリッサの突撃を受けきったのだ！

だが彼女の握り締めたナイフが両刃共、ダンの腹部に突《つ》き刺さる。

「だ、んなさ、ま！」

ギギの血を伴った叫び声。

腹部に即死毒がたっぷりと染《し》みこんだナイフが刺さっているにもかかわらず、ダンは微塵《みじん》も痛みを表に出さず暑苦しい笑顔を作る。

「ははは、っはっはははっははは！　これぐらいで心配するな！　我輩《わがはい》は大丈夫《だいじょうぶ》だ！　ギギは体の治癒《ちゆ》に専念するといい」

「あああぁぁあああ！」

ギギに声をかけている間も、メリッサがナイフを動かし臓腑《ぞうふ》をかき回そうとする。

だが、ナイフは一mmも動く気配がない。

刺さったナイフが内臓まで到達《とうたつ》しないようにダンが腹筋を締めているのだ。お陰《かげ》で刺さってはいるが内臓までは届かず、抜くこともできない。

メリッサは魔力を一時だけ爆発《ばくはつ》的に増やす薬物を許容量以上摂取《せっしゅ》したせいで、理性が吹き飛びその場から逃《に》げず獣のようにただナイフを押し込もうとし続けていた。

「ああああぁぁあああぁぁぁぁあッ！」

「ふむ！　いい気迫《きはく》だ！　仲間のため、ここまで自身を投げ出せる者はそうそうおらぬぞ。敵ながら実にあっぱれだ！」

魔術師Ａ級のダン・ゲート・ブラッドが認めるほど、メリッサの気迫は凄《すさ》まじかった。

なぜ彼女が命を投げ出してまで、シャナルディアや義姉妹達に尽《つ》くすのか？

――メリッサは幼い頃《ころ》、魔術師としての才能があることが分かると、両親は小金に目が眩《くら》み彼女を売り払《はら》ってしまった。

メリッサが売られた先は評判の悪い大店《おおだな》の主《あるじ》で、自身の身辺を警護する魔術師兼《けん》愛人として彼女を育てる予定だった。そのため幼い頃から、彼女は大店の主から性的虐待《ぎゃくたい》を受け

続けてきたのだ。

そんな地獄《じごく》の環境《かんきょう》から救い出してくれたのが、シャナルディア達『ノワール』である。

両親に売られたトラウマ、地獄の環境から救い出してくれた恩義から、メリッサは『ノワール』で義姉妹達を大切にするようになったのだ。

性的虐待を受け男性恐怖症《きょうふしょう》にもかかわらず、家族のためなら異性の目を引く露出《ろしゅつ》過多の踊《おど》り子風衣装《いしょう》も着る。戦いの中に身を置き続ける家族のために、独学で薬学を身に付ける。

狂信的《きょうしんてき》な家族愛と言ってもいいほどである。

「だが、まだまだ未熟である！」

ダンは大声で断言する。

「貴殿《きでん》の家族を想《おも》う気持ちは本物！　しかし、痛みや苦しみを避《さ》け、悪に目を背《そむ》けている未熟な家族愛である！　家族愛も筋肉と一緒《いっしょ》だ。喧嘩《けんか》し、間違《まちが》いを指摘《してき》し、辛《つら》く、苦しいことも乗り越える。時に見守り、信じて待ち続ける。互《たが》いにたっぷりと愛情を分け与え合う。そうやって鍛《きた》えるものなのだ！　鍛えて、鍛えて、鍛えていけば強く、しなやかで柔軟性《じゅうなんせい》がある上質な筋肉のような絆《きずな》となるのだ！」

ダンは自身の腹部に毒ナイフを二本も突き刺すメリッサに笑いかけた。

怒《いか》りや痛みの感情はなく、ただ若人《わこうど》の成長を願う大人として純粋《じゅんすい》に笑いかける。

ダンは右手でメリッサの頭を掴《つか》む。

まるで父が娘の頭を撫《な》でるように。

「貴殿はまだ若い。たとえ今間違っていようとも後でいくらでもやり直しは利《き》く。だから、そう生き急ぐものではないぞ？」

「ッあぁ！」

ダンは右手で掴んだメリッサの頭部を高速で動かし、意識を奪《うば》う。

彼女が意識を失ったのを確認《かくにん》すると、ダンは崩《くず》れ落ちる彼女の体を支えそっと地面へと横たえる。

彼は最後まで紳士《しんし》を貫《つらぬ》く。

戦いが終わったことで、皆《みな》がダンの側《そば》へと駆け寄ってくる。

ギギはメリッサの薬物と戦闘で体がボロボロのためシアに肩《かた》を借りて何とか移動する。

彼はダンの側に来ると慌《あわ》てた様子で声をかけた。

「旦那様、早くナイフを抜いて毒の治療《ちりょう》をしなければ！」

「ははははっはっははははっは！　心配するなと言ったではないか。この程度、筋肉さえ鍛えていればどうということはない！　はぁー……ふんッ！」

ダンは息を長く吐《は》き出し続け、一気に吸い込み腹部を膨《ふく》らませる。その勢いによってナイフが弾《はじ》き出され、濁《にご》った血が間歇泉《かんけつせん》のごとく一緒に噴《ふ》き出す。

「筋肉のお陰でナイフは内臓まで達していない。毒も銀毒以外なら全身に流れる前に筋肉を引き締めて止め、毒化した血を吐き出せば解《げ》毒魔術《どくまじゅつ》を使う必要もないぞ！　しかしまさかナイフが刺さるとは、我輩もまだまだ鍛え方が足りぬな」

『その理屈《りくつ》はおかしい』とツッコミを入れたいところだが、実際、目の前に居るダンはピンピンしている。

何よりツッコミを入れるより早く、ダンが動く。

彼は膝《ひざ》を突き気を失ったメリッサの頭部を支えると、口内に指を入れた。

シアが問う。

「何をなさっているのですか？」

「先程飲んだ薬物を吐き出させるのだ。全《すべ》て体に吸収されるより早く少しでも吐き出させれば彼女が助かる可能は上がるからな」

「さっきまで自分を殺そうとしていた相手を助けるつもりですの？」

「我輩は紳士だからな！」

メイヤの言葉にダンは笑いながら答える。

彼の処置のお陰で、まだ胃に残っていた魔力を増大させる薬物が吐き出された。

吐き出されたお陰で、メリッサは致死《ちし》量以上を吸収せずに済み一命を取り留めることができたのだった。

▼

ここまではまだ戦いと呼べるものだ。

しかし、今、ここでの戦いは、戦いと呼べるものではない。

ただ一方的な足掻《あが》きだ。

リースは実姉《じつし》に向けてストライカー一二の銃口《じゅうこう》を向けて引鉄《トリガー》を絞《しぼ》る。

銃口から非致死性装弾《ショットシェル》のビーンバッグ弾《だん》が飛び出す。

だが彼女の姉であるララは、自分に向かってきたビーンバッグ弾を無造作に手で掴んでみせた。

「なっ!?」

「驚《おど》きすぎよ。別に魔術師なら難しくないわよ。身体能力と視力を魔力で強化して、受け止めればいいんだから。もっともリースが散弾《さんだん》やスラッグ弾、AKを持ち出して発砲《はっぽう》してたら、こんな曲芸なんかせず素直《すなお》に逃げるけどね」

どこか呆《あき》れた様子で、ララは足下《あしもと》にビーンバッグ弾を投げ捨てる。

「な、なら！　これならどうですか！」

リースは二発連続で発砲する。

その二発はララではなく周囲の地面を狙《ねら》う。

装弾が地面に着弾《ちゃくだん》すると白い煙《けむり》で彼女を覆《おお》いつくした。

リースが発砲したのは非致死性装弾《ショットシェル》の煙幕弾《えんまくだん》である。

彼女はララの視界を塞《ふさ》ぎ、無力化しようと画策したのだ。

「姉様、ごめんなさい！」

リースは謝罪を口にしながら肉体強化術で体を補助。ララの周囲を円を描《えが》くように動き引鉄《トリガー》を連続で絞るが、手応《てごた》え無し。

「!?」

さらに煙幕の内側から腕《うで》が伸《の》び、リースの喉《のど》を摑んできた。

指に力が籠《こ》もり、喉に食い込む。

「かっはぁ……ッ！」

窒息《ちっそく》状態になり、リースはもがく。

ララは肉体強化術で体を補助。実妹《じつまい》を腕一本で持ち上げる。

ララの方がリースより背が高い。

必然、持ち上げられ足をつくことができなくなる。

息苦しく、陸に打ち上げられた魚のように口を何度もパクパクと動かした。

そんなリースに、ララは呆れた溜息《ためいき》を漏《も》らす。

「……貴女《あなた》は昔とまったく変わらずドジなんだから。『千里眼《せんりがん》』を持つ私に目つぶしなんて効果あるわけないでしょう？」

語尾《ごび》の後、ララはリースを街道《かいどう》にある塀《へい》へと投げつける。

彼女は背後にシールドを展開。

塀を突き破り建物の壁《かべ》へとぶつかってしまうが、直撃《ちょくげき》を避けることはできた。

「ゲホ！　ごほ！　げほッ！」

背中の強打と喉を摑まれていた酸欠で、四肢《しし》を地面に突き咳《せ》き込む。

壁への直撃は避けられたが、衝撃《しょうげき》までは消しきれず背中や手足が痺《しび》れてすぐには動けそうにない。口の端《はし》からだらしなく涎《よだれ》を垂らしながらも、姉へ向けて顔を上げる。

リースは悔《くや》しそうに喉から声を絞《しぼ》り出す。

「姉様は何をお考えになってこんなことをするのですか？　どうして、あの黒い女性に付き従っているのですか！」

実妹の必死の訴《うった》えにも、ララは決して口を割らない。

ただ意味深な笑《え》みを浮《う》かべるだけだった。

ララの腕に紫電《しでん》がまとわりつく。

「キャァッ!?」

ララが得意とする雷《かみなり》の魔術がリースを襲《おそ》う。

威力《いりょく》は抑《おさ》えられていたせいで命に別状はないが、リースはぐったりと俯《うつぶ》せに倒《たお》れ、気を失ってしまう。

ララは気絶して倒れた妹へ早々に背を向け、

「悪いけど今、本当に忙《いそが》しいのよ。恐《おそ》らくもう少しでシャナルディア達が魔王《まおう》を復活させてしまうから。それに……彼が戦線に復帰したら私だけじゃ支えきれないしね」

呟《つぶや》き、肉体強化術で体を補助。

まだ戦っている他《ほか》の姉妹《しまい》達を残して、彼女は一人シャナルディア達の後を追う。

「後もう少し、もう少しで――様の望みを叶《かな》えられる」

風のように駆《か》け抜《ぬ》ける彼女の呟きは、風音にかすれてすぐに霧散《むさん》してしまう。

お陰でララの言葉を耳にした者は誰一人《だれひとり》として居なかった。

第三章　魔王復活

魔王を封印《ふういん》していたクリスタルの大樹は、オレの持っていた『番《つがい》の指輪』によって上部が砕《くだ》け散ってしまった。

封印されていた魔王は、砕け散ったクリスタル大樹の幹に立ったまま辛《かろ》うじて固定されている。

もしあのまま目を覚まさず落下したら、普通《ふつう》の人間なら死んでしまうだろう。

「ピラーニャ、リュート様をノーラへ。魔王様の確保をお願いしますわ」

「はッ！」

指示を受けた筋肉質な女性であるピラーニャは、オレを肩から下ろすとゴスロリ服を着たノーラへと預ける。

ノーラは床《ゆか》にオレを座らせて、魔術で土を盛り上げ固めて背もたれを作った。

「ふんッ！」

ピラーニャはまず手近なクリスタルに似た鉱物に向けてジャンプ。上部に着地すると、続けて移動を開始する。

ジャンプで移動できなくなると、ロッククライミングの要領でさらに登って行く。足場が無い場合は、指や足を力任せに突《つ》き刺《さ》し足場を作り出す。

驚くべきは、彼女が肉体強化術を使用していないことだ。

痺れて体は動かないが、魔術を使用しているかの有無《うむ》ぐらいは把握《はあく》できる。

ピラーニャは純粋《じゅんすい》な肉体の力だけで移動しているのだ。

彼女は無事、魔王のところまで到達《とうたつ》。

彼女を固定していたクリスタルに似た鉱物を力任せに破壊《はかい》し、魔王を両手で横に抱《かか》える。

後は落下に注意しながら、器用にクリスタルに似た鉱物を足場にして、地面へと無事着地した。

「ノーラ、ベッドをお願い」

「はい、シャナルディアお姉様」

シャナルディアの指示で、ノーラが魔術で石のベッドを作り出す。

その上に、ピラーニャが連れてきた魔王を寝《ね》かせる。

シャナルディアがうっとりとした表情で両手で頬《ほお》を押さえ、熱っぽい声音《こわね》を漏らす。

「あぁ、ついに私達は魔王をこの手にすることができたのですね。これで私の祖国を焼き払《はら》った者達に正義の鉄槌《てっつい》を下すことができますわ。今度は私達が奴《やつ》らの祖国を焼き払い、目の前で家族を血祭りにしてやる番です」

彼女はオレへと視線を向け、

「愚《おろ》か者達の粛清《しゅくせい》が終わった後、私とリュート様で祖国ケスランを再興しましょう。そして私や皆《みな》の手で、亡《な》くなった天神様《てんじんさま》に代わってこの地上の人々を真の平和へと導くのです。飢《う》えも、差別も、争いも、盗《ぬす》みも、腐敗《ふはい》も、理不尽《りふじん》な苦しみもない。素晴らしい世界を作りましょうね」

『はい！　シャナルディアお姉様！』

すぐ側《そば》にいるピラーニャ、トガ、ノーラは感極《きわ》まったのか、膝を突き三人同時に声をあげる。

場面だけ切り取って見れば美しい光景なのかもしれないが、状況《じょうきょう》を知っているオレからすれば邪教《じゃきょう》の宗教儀式《ぎしき》的な不気味さしか感じない。

（どうする？　彼女達の言葉を信じれば、『ノワール』はあの女魔王を自由自在に操《あやつ》ることができるらしい。もし仮に本当なら、上で戦っているスノー達が危険だ！）

他の姉妹達に遅《おく》れを取るとは思えないが、相手が魔王では話が別だ。

しかし、邪魔《じゃま》をしようにも体が痺れて上手《うま》く動けない今、オレにできることは何も無い。

「すみません、シャナルディアお姉様。遅《おそ》くなりました」

「ララさん、ちょうど良かったです。今、魔王様を封印から解放したところですよ」

苦悩《くのう》しているとオレの脇《わき》をララが通り過ぎ、シャナルディア達に駆け寄る。

彼女がここに居ると言うことは、まさか!?

「ラ、ララ、オマエ、リースはどうしたんだ！」

「……年上には敬語を使いなさい」

「そうですよ、リュート様。ララさんは妻である私を助けてくださった命の恩人。建前上、部下として扱《あつか》っていますが、相応の態度をとってくださらないと」

「だ、だから、オレとオマエは夫婦じゃないと何度も言ってるだろうが！」

シャナルディアの余計な横槍《よこやり》に苛立《いらだ》ちを隠《かく》せず声を荒《あら》げる。

ララはそんな態度のオレを見て肩《かた》をすくませた。

「安心しなさい。愚妹《ぐまい》は殺していないわ。これ以上邪魔されないように気を失わせただけよ。それより、魔王様はこちらの方で間違《まちが》いないのですか？」

ララは自分からさっさと折れて、リースの無事を伝える。

まるで『これ以上、くだらない用件には付き合ってられない』と言いたげな態度だった。

彼女はオレへの興味を失い意識を魔王へと注ぐ。

「はい、ベッドで眠《ねむ》っている彼女こそ、魔物《モンスター》大陸に存命する最後の魔王様です」

「……ようやく悲願を達成することができるのですね」

「はい、その通りです！」

「早速《さっそく》、儀式を始めたいと思います。お姉様、念のためお下がりください」

ララはシャナルディアに指示を出す。

彼女も命の恩人であるララの指示に素直《すなお》に従い、オレの隣《となり》に立つ。

他姉妹《しまい》、ノーラやピラーニャ、トガはシャナルディアの背後へとまわった。

「では、儀式を始めます」

「お願いしますわ」

シャナルディアの許可を得ると、ララが呪文《じゆもん》を唱え出す。

彼女はオレ達と顔を合わせるように、ベッドの反対側へと回り込んでいる。

それは今まで聞いたことのない言葉だった。

恐らく古い言葉を紡《つむ》いでいるのだろう。

ベッドに寝かされている魔王を中心に、幾何《きか》学模様の魔法陣《まほうじん》らしきものが浮かび上がる。

ララが呪文を唱えるたび、魔法陣は光を強める。

魔法陣の発光はララの魔力《まりよく》によってなされているらしく、彼女は詠唱《えいしよう》時間が長くなるにつれ、額に珠《たま》のような汗《あせ》を浮かび上がらせた。

それでも彼女は集中力を切らさず詠唱を朗々と続ける。

眠り続ける魔王の体が光に包まれていく。

頭から爪先《つまさき》、毛先まで全《すべ》てがだ。

ララが最後の言葉らしきものを告げる。

「ぐがぁッ！」

魔王の口から初めて声が漏《も》れ出た。

苦しげに背をのけぞらせ、今にもベッドから落ちてしまいそうになる。

これが本当に魔王を支配するための儀式なのか？

まるで麻酔《ますい》無しで心臓を直接えぐり出そうとしているようだ。

「ララ、さん？」

さすがの異常事態に彼女に信頼《しんらい》を置くシャナルディアでさえ、疑問を抱《いだ》いた声をかける。

しかしララは彼女を無視して、魔力を魔法陣へと注ぎ続ける。

その間、ずっと魔王は苦しみ藻掻《もが》いていた。

ある瞬間《しゅんかん》、人形の糸が切れたように魔王の四肢から力が抜け落ちる。

魔王の手がだらりと、ベッドから落ち、揺《ゆ》れた。

悲鳴が消え失《う》せた代わりに、魔王の胸から黄金の欠片《かけら》が浮《う》かび上がる。

まるでリンゴを六分の一ほどにしたような物体だ。

最初に黄金と表現したが、次の瞬間には一〇〇色の虹《にじ》が表面に移り込んだような鮮《あざ》やかなものに変わる。

凝視《ぎょうし》している間ずっと、魔王の胸から出てきた欠片は色を変え続けていた。

状況が分からずついていけないオレ達を置いて、一人の女性が欠片を前に歓喜《かんき》の笑い声をあげる。

ララ・エノール・メメアだ。

「あははあはははははっはははあ！　やった！　ついにやりました！　これで！　これでようやく私とあの人の悲願を達成することができるわ！　あはははっはははははははははははは！」

はち切れんばかりの狂乱《きょうらん》的笑い声。

シャナルディアも狂《くる》っているが、今目の前で笑い狂うララにはそれ以上のものを感じる。

こいつにあの欠片を渡《わた》しては駄目《だめ》だ！

彼女以外のその場に居る全員が理性ではなく、本能で理解する。

「ら、ララさん！　いい加減、笑うのは止《や》めてください！　いったい貴女《あなた》は魔王《まおう》様に何をしたのですか！　これは魔王様を私達の意のままに操る儀式なのですよね？」

シャナルディアがララの上司らしく、部下に歩み寄り叱責《しっせき》を飛ばす。

しかし、ララの瞳《ひとみ》は興味のない者を見る光へと変わっている。

オレは咄嗟《とっさ》に声を荒げる。

「ち、かづくな！　危ないぞ！」

だが、オレの指摘《してき》は遅すぎた。

シャナルディアはベッドで眠る魔王を間に挟《はさ》んでララと向き合う。

腕《うで》を伸《の》ばせば簡単に触《ふ》れられる距離《きょり》だ。

「もうオマエ——オマエ達は用済みだ」

「えっ？」


バチン！


ララが右手でシャナルディアの顔を摑《つか》むと、手に紫電《しでん》が走る。

その瞬間、静電気を数十倍にしたような音が洞窟《どうくつ》内部に響《ひび》く。

シャナルディアは全身から力が抜《ぬ》け落ち、魔王のベッド横に倒《たお》れてしまう。

顔をオレ達の方に向けて仰向《あおむ》けに倒れる。

彼女の目、耳、口、鼻から赤い血が流れ出てくる。

目は死人のように焦点《しょうてん》があっていない。

『シャナルディアお姉様！』

ノーラ、ピラーニャ、トガの絶叫《ぜっきょう》。

三人は倒れたシャナルディアへ慌《あわ》てて駆《か》け寄る。

ララは彼女達を無視して、恍惚《こうこつ》の表情を浮かべ、そっと優《やさ》しく両手で魔王から出てきた欠片を包みこむ。

ノーラ達は、地面に膝《ひざ》を突きシャナルディアの容態を確認《かくにん》する。その間にララは肉体強化術で体を補助。悠々《ゆうゆう》と逃走《とうそう》を開始した。

彼女が向かった先は入ってきた出入り口ではなく、クリスタルに似た鉱物があるほうだ。

ララの逃走に気付いたノーラ達だが、彼女を追いかけるか、シャナルディアを誰《だれ》が介抱《かいほう》するかで逡巡《しゅんじゅん》してしまう。

その迷いによってララとの距離が開き、鉱物の陰《かげ》に彼女の姿が隠れる。

「ラ、ララの姉御《あねご》！　待ってください！　なぜこんなことをしたのか話を聞かせてくださ い！」

ようやくピラーニャが決断。

ララの後を追いかけ、彼女も鉱物の陰に隠れてしまう。

しかし五分もせずピラーニャは引き返して来た。

彼女は落ち込んだ表情で、

「鉱物の陰にも出入り口があって、ララの姉御はそこへ入ったようで。あたいも後を追いかけましたが、中は迷路のようになっていてどっちに行ったのか分からなくて……」

ピラーニャの言葉通りなら、ララを取り押さえるのは不可能だろう。

相手は精霊《せいれい》の加護で『千里眼《せんりがん》』の能力を所持している。

迷路のような通路も彼女の能力を使えば突破《とっぱ》は難しくない。さらに相手は魔術師《まじゅつし》のため、肉体強化術で逃走されたらまず追いつけないだろう。

ふと、視線に気が付く。

治療《ちりょう》を終えたシャナルディアを膝枕《ひざまくら》しているノーラ。

ララの後を追って戻《もど》ってきたピラーニャ。

オロオロと狼狽《うろた》えるトガ。

三者三様の視線がオレへと集まっていた。

ノーラが代表して指示を仰《あお》いでくる。

「あのリュート様……ノーラ達、この後どうすればいいのでしょうか……」

「ど、どうって……それをオレに聞くか？」

「だって、大将は姫《ひめ》様の旦那《だんな》様だろ？　ならあたい達の頭《かしら》みたいなもんじゃないか」

「りゅーとサマ、ゴシジヲ」

ノーラ達の頭であるシャナルディアは負傷して目を覚まさない。

事実上、組織を運営していたナンバー二のララはトップを襲《おそ》い逃亡《とうぼう》。

現状、彼女達に指示を出す相手がいないのは理解できるが、その役目をオレに求めるか、普通《ふつう》？

頭を掻《か》きむしりたかったが、体が痺《しび》れて微《かす》かに指を動かすぐらいしかできない。

とりあえず彼女達が望む通り指示を出す。

「だ、だったらまずオレの痺れを取ってくれ。そして、被害《ひがい》が出る前に上で戦っている彼女達を止めてここへ連れてこい。ララにスノー達だけじゃなく、他姉妹が襲われる可能性もあるからな」

「分かりました！　ならあたいがひとっ走り行ってメリッサの姉御を連れてきますんで、大将達はここで待っててください！」

「ま、待て。オマエ一人で行ってもスノー達は説得できないだろう？　オレも一緒《いっしょ》に連れて行ってくれ」

「分かりやした！　それじゃ姫様は二人に任せた！」

ピラーニャはオレを再び肩《かた》へと担《かつ》ぐ。

ノーラとトガは、未《いま》だ目覚めないシャナルディアの護衛として残ることになった。

ピラーニャはオレを担いだまま全力疾走《しっそう》で来た道を駆け戻る。

荷物のように担がれたオレは、お陰で激しく上下して吐《は》きそうになった。

▼

魔王が眠《ねむ》る洞窟から、スノー達を残した建物群へと戻ってくる。

そこには両手足を拘束《こうそく》され、魔術《まじゅつ》防止首輪を嵌《は》められ、転がされている少女達が居た。

全員、シャナルディアを慕《した》う部下達だ。

どうやらスノー達が打倒《だとう》し、リースの『無限収納』から魔術防止首輪を取り出し拘束したらしい。

銀毒に冒《おか》され背中を切られた旦那様や、ピラーニャに殴《なぐ》られ吹《ふ》き飛んだギギさんも揃《そろ》っていた。

「では早速《さっそく》、連れ去られたリュートを助けに行くとしよう！　んんん？　そこに居るのはリュートではないか!?」

旦那様の言葉にスノー、クリス、リース、シア、メイヤ、ギギさんもこちらに視線を向けてきた。

そしてオレがピラーニャに抱《だ》きかかえられていることに気付き、臨戦体勢を取る。

ピラーニャが怯《おび》えるのを体で感じた。

オレは痺れる口で、慌てて皆《みな》を止める。

「だ、大丈夫《だいじょうぶ》。彼女は今、敵じゃない。それより問題が起きたんだ」

そしてオレは端的《たんてき》に告げた。

「ふ、封印《ふういん》されていた魔王が復活後、ララが裏切り、シャナルディアを負傷させて逃亡した」

オレの言葉にその場に居るPEACEMAKER《ピース・メーカー》、旦那様、ギギさん、『ノワール』の少女達が困惑《こんわく》・動揺《どうよう》した表情を浮かべる。

そんな彼女、彼らにオレはとりあえず告げる。

「く、詳《くわ》しく話をするからまずこの痺れを取ってくれ」

第四章　休戦

オレに痺れ薬を使った本人であるメリッサは、先程《さきほど》急襲《きゅうしゅう》してきた時より憔悴《しょうすい》していた。

旦那様と戦うため、魔力《まりょく》を一時的に増大させる薬物を使用したらしい。

結局、魔力は増大したものの敵《かな》わず倒されたらしいが。そりゃ魔力が少し増えた程度で旦那様を倒せるなら苦労はない。

魔力を一時的に増大させる薬物を許容量以上摂取《せっしゅ》したが、旦那様の機転で全《すべ》て吸収する前に吐き出すことができた。

そのため憔悴程度で死なずに済んだらしい。

お陰で無事、薬を使った本人の手で体から痺れを取ってもらうことができた。

この痺れ薬もメリッサ自作の特別製で、解毒《げどく》魔術が効き辛《づら》い。

彼女が死んでいたら体の痺れを取るのに時間がかかっていたところだ。

解毒後、皆で魔王が封印されていた地下まで移動しながら、起きた出来事を順序立てて説明する。

最初、シャナルディアの負傷とララの裏切りを信じられなかったメリッサ達三人組だったが、封印場所に辿《たど》り着き、ノーラの膝枕で横になっているシャナルディアを前にすると泣き崩《くず》れてしまった。

彼女達を落ち着かせようと歩み寄るが、オレの足が途中《とちゅう》で止まってしまう。

驚《おどろ》きで足が止まったのだ。

驚きの原因はベッドで未だ眠っている魔王である。

ララから何かを抜き取られる前は、胸が大きくくびれがある美女だったはずなのに、いつのまにか幼女の姿になっていた。

最初、別人かとも思ったが紫色《むらさきいろ》の肌《はだ》、燃えるような赤髪《あかがみ》、頭部から横に生えている黒い角もまんま同じだ。

着ていた革製《かわ》の衣装《いしょう》まで一緒に小さく縮んでいる。

同一人物だと考えるのが妥当《だとう》だろう。

しかしなぜ、絶世の美女から、幼女の姿になっているんだ?

痛む頭を押さえながら、とにかく自分達のできることをする。

まず泣き出した三人の少女達を落ち着かせ、『ノワール』の薬師《くすし》であるメリッサにシャナルディアの治療を任せる。

傷はノーラが魔術で治癒《ちゆ》している。

メリッサには命に別状が無いか確認してもらっているのだ。

オレはその間にPEACEMAKER《ピース・メーカー》メンバー達に指示を出す。

リースには『無限収納』から清潔なシーツ、ベッド、布団《ふとん》、皆が座れる椅子《いす》、テーブル、飲料水や食料などを出してもらう。

シアには皆の気持ちを落ち着かせるため、温かいスープを作らせる。

スノー、クリス、メイヤには念のため周辺監視《かんし》。

これにギギさんも協力を申し出てくれる。

旦那様には魔王《まおう》の側に居てもらう。

旦那様は、魔王の封印されているこの洞窟入り口を守り、『守護者』とも自負していた。

一通りの指示を終え、『ノワール』の少女達の側へと歩み寄る。

彼女達はリースが出したベッドで眠るシャナルディアを囲んでいる。

ベッドで眠るシャナルディアは美しく、まるで童話の『白雪姫と七人の小人』のワンシーンのようだった。

『ノワール』の治療担当である薬師のメリッサが、ちょうど検診《けんしん》を終える。

「どうだ、シャナルディアの様子は？」

「……頭部に受けた傷は治癒し、呼吸、脈拍《みゃくはく》ともに安定しています。現状はただ眠っているのと同じです。でも、お姉様が攻撃《こうげき》を受けた箇所《かしょ》が悪く、もしかしたらこのまま目覚めないかもしれません」

「それってどういうことだ？」

メリッサが気まずい表情で告げる。

シャナルディアの傷を負った顔——目、鼻、口、耳から赤い血が流れでた光景をつい思い返してしまう。

メリッサが話を続ける。

「『生夢《せいむ》』と呼ばれる、極希《ごくまれ》に二度と眠りから目を覚まさない病気にかかることがあるのです。頭部を強く殴打《おうだ》する等が主な原因で、生きながらずっと夢を見る病気です。そして、そのまま衰弱《すいじゃく》していき、最後は……」

彼女はさすがにそれ以上何も言えず黙《だま》り込んでしまう。

生夢……つまり、脳死や植物状態のことか。

「メリッサお姉様！　どうすればシャナルディアお姉様の病気を治すことができるんですか！」

「ごめんなさい。治療《ちりょう》方法は今のところないですわ。治ったという話も聞いたことも……」

「そ、そんな……」

ノーラはベッドに眠るシャナルディアの名前を涙声《なみだごえ》で呼び続ける。

しかし、どんなに声をかけようと彼女が目を覚ます気配は微塵《みじん》もなかった。

他少女達も涙を流し、嗚咽《おえつ》を漏《も》らす。

「若様」

シアがそっと背後から声をかけてくる。

振《ふ》り返ると、すでにテーブルや椅子、温かいスープと軽食が準備されていた。

準備が整ったらしい。

オレはシアに頷《うなず》き、『ノワール』の少女達に振り返る。

彼女達の嗚咽が落ち着くのを待って声をかけた。

「とりあえず皆の悲しい気持ちは分かるが、現状を把握《はあく》するため話し合いがしたい。簡単だが食事も用意したから、食べながら話をしないか？」

つい先程まで敵対していたが、相手は女の子達。

しかも、彼女達にとって文字通り自分より大切な人が、二度と目を覚まさないかもしれないというのだ。

戦力に差がある今、乱暴な捕虜《ほりょ》のような扱《あつか》いなど心情的にもできない。

なるべく優《やさ》しく声をかける。

彼女達は泣きはらした赤い眼《め》で逡巡《しゅんじゅん》する。

オレの提案はもっともだし、現状確認《かくにん》の話し合いはするべきだが、シャナルディアから目を離《はな》したくないらしい。

「リース、シア、悪いがシャナルディアが眠るベッドの側に新しい机か、テーブルを出してくれないか？　そこに食事を置くから食べてくれ。代わりに代表者を一人こちらへ。詳しい話を聞かせてくれ」

「……リュート様、ご配慮《はいりょ》ありがとうございます」

妥協案《だきょうあん》を提示するとメリッサが代表して感謝を告げてくる。

リースが新たに出したテーブルや椅子をベッドの脇《わき》へ置く。

『ノワール』の少女達も手伝い、食事をテーブルへと移す。

スープは少しぬるくなったが、その分飲みやすくなったし、熱々のお代わりはまだ鍋《なべ》に沢山《たくさん》ある。勝手に食べていいと、邪魔《じゃま》にならない位置へと置いておく。

『ノワール』の代表者として組織の薬師《くすし》であるメリッサが説明のため、席に着く。

「……改めてまして妖精種族《ようせいしゅぞく》、魔術師《まじゅつし》B級、『ノワール』の薬師、メリッサです」

「PEACEMAKER《ピース・メーカー》の団長を務める人種族《ひとしゅぞく》、リュート・ガンスミスだ」

互《たが》いに挨拶《あいさつ》を交《か》わす。

シアがいつのまにか準備した香茶《かおりちゃ》を注《そそ》ぎ、背後に控《ひか》える。

ここからはメイドとして給仕を勤めるつもりらしい。

テーブルや食料出しの準備を終えたリースは、スノー達と交替《こうたい》で周辺警戒《けいかい》に勤めてもらう。交互《こうご》に休んでもらい、彼女達にも軽く食事を摂《と》ってもらうつもりだ。

無いとは思うが一応、ララの奇襲《きしゅう》を警戒する。

その間にオレは『ノワールが今まで何をしてきたのか?』ということについて、順序立てて話を聞く。

見張りや休憩《きゅうけい》をしているスノー達との距離《きょり》も離れている訳ではないので、彼女達もメリッサとの会話内容を問題なく聞くことができる。

メリッサは滔々《とうとう》と『ノワール』が組織された経緯《けいい》を語り出す。

オレの実父であるケスラン国王の趣味《しゅみ》は歴史や考古学で、特に天神や封印された五大魔王、五種族勇者についての研究に重きを置いていた。

シラック・ネロ・ケスランの幸福は、自国が最も古い国家だったことだ。お陰《かげ》で天神や封印《ふういん》された五大魔王、五種族勇者の資料の数はこの異世界でも随一《ずいいち》のモノだった。

歴史や考古学研究者にとって、これほど理想の地は他《ほか》にないだろう。

彼の不幸は、同じく自国が最も古い国家だったことだ。

運悪く発見されていなかった余計な資料や『番《つがい》の指輪』を見つけたため、真実を知ってしまった。

故《ゆえ》にケスラン国王に真実を広められる前に、大国メルティアがケスランを国ごと滅《ほろ》ぼすことを選択《せんたく》する。

大国メルティアだけではなく、最強の軍団《レギオン》、始原《○ー》も戦争に参戦していた。しかも当時、まだ子供だった魔術師S級、始原《○ー》団長アルトリウス・アーガーが最前線で戦ったらしい。

シャナルディア母子は滅びる祖国から脱出《だっしゅつ》したが、途中でメルティア兵士に追いつかれる。

母親を目の前で殺害され、シャナルディア自身も殺される寸前だった。

ギリギリのピンチに姿をあらわしたのが、ララ・エノール・メメアだ。彼女がシャナルディアを助ける。

彼女を安全圏《けん》に連れ去った後、何故《なぜ》大国メルティアが攻《せ》めてきたのかをララは語り、真実を知ったシャナルディアは大国メルティアに復讐《ふくしゅう》し、祖国再興と世界を統一することを誓《ちか》う。

ここまではシャナルディア本人から聞いた内容と同じだ。

スノー達は初耳だったため、それぞれ複雑そうな表情をしていた。

「あの……一ついいですか？」

休憩中のリースが挙手して、メリッサに声をかける。

彼女は頷き、リースを促《うなが》した。

「ララ姉様がシャナルディアさんを救ったのは分かりましたが……どうして彼女を助けたのでしょうか？　その動機は？」

「ララお姉様――いえ、ララ本人曰《いわ》く、『シャナルディアお姉様が世界を統《す》べ、人々を平和に導くと予知夢で視《み》たから』と聞きました。ですが今はそれが嘘《うそ》だと理解できますわ」

メリッサは悔《くや》しげに歯嚙《はが》みする。

シャナルディア達は今までララの『予知夢者《よちむしゃ》』のお陰で多大な益を得ていた。その彼女に『シャナルディアお姉様が世界を統べ、人々を平和に導くと予知夢で視たから』と言われたら、信じてしまうのは当然だろう。

なぜ彼女達があれほどまでシャナルディアの語る『理想郷』を信奉《しんぽう》していたのか理解した。

窮地《きゅうち》を救ってくれたり、助けられただけではない。

ララが『予知夢者で視た』と断言していたため、頭から信じ込んでいたのだ。

実際、彼女達は何度も『予知夢者』の力に助けられてきたのだろう。頭から信じてしまうのはしかたがない。

メリッサが気持ちを落ち着かせて、続きを話す。

ララに助けられたシャナルディアがまず最初にしたのは、世界を回り仲間と資金を集めることだった。そして集められたのが疎《うと》まれ、爪弾《つまはじ》きにされていたノーラ達だ。

「わたくしは魔術の才能があったのですが、家は貧しくて……。目先のお金に目が眩《くら》んだ両親に売り飛ばされたのですわ。しかも売られた先が評判の悪い変態商人で――」

メリッサが途中《とちゅう》で奥歯を嚙《か》みしめ、固く目をつぶる。

自分自身で体をギュッと抱《だ》き締《し》め、胸から湧《わ》き上がる憎悪《ぞうお》・嫌悪《けんお》・苦しみに耐《た》えているようだった。

そんな地獄《じごく》から救い出してくれたのが、シャナルディアだったらしい。

こうして人材と資金を調達したシャナルディアは、『ノワール』を設立。

まず初めにやったことは、大国メルティアや天神教会、始原《○一》と戦うために必要な力になるであろう、封印された魔王達の遺跡《いせき》について調べることだった。

他大陸に封印されていると言われる魔王達は確認した限り全《すべ》て空だったらしい。

「でもよく魔王《まおう》達の封印場所に入れたな。確か魔王の封印場所は、強い魔物《モンスター》が溢《あふ》れていて容易には近づけないはずだろ？」

北大陸《きた》で聞いた話だ。

『北大陸の魔王封印場所も巨人族《きょじん》が徘徊《はいかい》して近付くのすら難しい』みたいな話だったはずだ。

オレの疑問にメリッサが答える。

「エレナの特異魔術がありましたから」

エレナ、前髪《まえがみ》で目元を隠《かく》す少女の特異魔術は、魔力《まりょく》を付与《ふよ》した物体の気配、匂《にお》い、振動《しんどう》、存在などを消すことが出来るらしい。

その力があれば封印場所まで行くのも難しくない。

生きている魔王捜《さが》しと同時並行でおこなわれたのが、『人為的《じんい》に魔術師を創《つく》り出せないか？』という研究だった。

この研究はララが主導でおこなっていたらしい。

「ノーラがココリ街で魔術師の死体を集めていたのもその研究のためか？」

シャナルディアの側《そば》に居たノーラは自身の名前があがると、びくりと肩《かた》を震《ふる》わせる。

「そ、そうです。ララお姉様の指示で集めていました」

最初出会った態度が嘘のようにビクビクと怯《おび》えながら答える。

別にイジメたりするつもりはないから、あからさまに怯えられると微妙《びみょう》にヘコむな。

メリッサが話を引き継《つ》ぐ。

「ノーラの言葉通り、ララの指示に従い魔術師や魔物の死体などを集めていましたの。人工的に魔術師を増やして戦力を整え、メルティアや天神教などに勝利しようという計画ですわ。ですが結局、研究は失敗。できたのは魔力を一時的に上昇《じょうしょう》させる薬ぐらいですの。後の副作用も酷《ひど》く実用的な物ではありませんでしたわ」

実際、先程《さきほど》の旦那《だんな》様との戦いでメリッサが使用したモノだ。

「リュートくん」

『お兄ちゃん……』

リースと代わって休憩をしていたスノー＆クリスが声をかけてくる。

オレも頷いて、彼女達が何を言わんとしているのか察する。

ハイエルフ王国、第三王女であるルナ・エノール・メメアが誘拐《ゆうかい》された。

彼女を救い出す際、オレを奴隷《どれい》として売った一人、獣人種族《じゅうじんしゅぞく》、アルセドと再会。

彼は懐《ふところ》から緑色の液体が入った注射器を取り出し、使用したのだ。

この時の話をすると、メリッサは申し訳なさそうに眉根《まゆね》を寄せる。

「はい。恐《おそ》らく、私達の関係組織ですわ」

彼女曰く、『ノワール』にも下部組織というのが存在するらしい。

彼女達は『ノワール』のトップ組織メンバーで、主に魔王の封印場所調査や侵入《しんにゅう》、指示があれば魔術師の死体集めなども手伝う。

下部組織は、資金調達のための裏仕事、情報収集、他雑務を担当させていた。

その下部組織のまとめ役、トップを任せていた男が細い針の注射器を開発した人物だ。

ララが連れてきた人物で、元々薬を売りさばいていた小悪党らしい。

(注射器の開発者か……まさかオレと同じ地球からの転生者か？)

「どうかしましたでしょうか？」

メリッサが考え込んだオレを、怖々《こわごわ》と窺《うかが》うように声をかけてくる。

自身の不手際《ふてぎわ》で機嫌《きげん》を悪くさせたのかと、焦《あせ》ったのだ。

オレは慌《あわ》てて微笑《ほほえ》みを浮《う》かべ答える。

「うちでも注射器については色々調べていて。後でその下部組織のまとめ役について詳《くわ》しく聞かせてくれないか？」

「もちろんですわ。リュート様になら全てお伝えします」

彼女達のトップ、シャナルディアの婚約者《こんやく》ということになっているため、外部に知られたらまずい内情も包《つつ》み隠さず話すつもりらしい。シャナルディアが婚約者など未《いま》だに認めていないが、言い争っても意味はない。黙《だま》って話を進めさせた。

　メリッサは話を続ける。

天神教の禁書庫に入り、魔物大陸の最新地図を手に入れた後は、オレ達も知っている話だった。

PEACEMAKER《ピース・メーカー》が魔物大陸で存命している魔王と接触《せっしょく》することを予知夢者《よちむしゃ》で知った『ノワール』は、上層部メンバー全員を招集。

前髪で目元を隠しているエレナの特異魔術で馬車を透明《とうめい》化し馬の代わりにピラーニャが引いて無理矢理、追跡《ついせき》したらしい。

よくハンヴィー《HUMVEE》の速度についてこられたもんだ。

後を追って洞窟《どうくつ》内部に入り情報収集。

隙《すき》を見て強襲《きょうしゅう》しオレを確保し一緒《いっしょ》に魔王が眠《ねむ》っているこの場所へと連れてきたが、ララに裏切られて、シャナルディアは負傷。

『生夢《せいむ》』にかかり、二度と目を覚まさないかもしれなくなった。

これが駆《か》け足気味だったが『ノワール』設立から現在までの流れだ。

▼

「結局、ララは五種族勇者の回し者だったってことか？」

一通り話を聞いたところでオレは疑問を口にする。

ギギさんが疑問に答えた。

「その可能性は個人的に低いと思うぞ」

「どうしてですか？」

「ララは聞く限りハイエルフ王国の第一王女。そんな高貴な身分の方を危険度の高い内通者にする必要性はないからだ」

ギギさんの意見はもっともだが、彼女には『千里眼《せんりがん》』と『予知夢者』という精霊《せいれい》の加護を二つも持っている。だからスパイになったのではないか？

その可能性をリースが否定する。

「ララ姉様には二つの加護がありますが、だからといって絶対に身を守れるわけではありません。もしも私がその案を耳にしたら、真っ先に反対します。そんな危険な任務を第一王女がやる必要はありませんから」

「なら、やっぱり女魔王の『魔法核《まほうかく》』が欲《ほ》しかったからか？」

いや、本当に力を欲《ほっ》していたら、もっと昔に必死で女魔王を捜《さが》していたはずだ。

今更《いまさら》、五種族勇者の子孫が『魔法核』欲しさになりふり構わず行動する理由はない。

むしろ下手《へた》に『ノワール』なんて組織を作り、魔王捜しをさせたせいでオレ達は過去の真実を知ってしまった。

五種族勇者の真実を秘匿《ひとく》したいなら、こんな敵対組織を作り出す意味がまったくない。

「……真相を知りたければララ本人を捕《つか》まえるか、会って話を聞くしかないな。とりあえずこの話は一旦《いったん》終わりにして、今後をどうするかだ」

オレは向かい側に座る『ノワール』の暫定《ざんてい》代表者であるメリッサに話を振《ふ》る。

彼女は断られると察しながらも、遠慮《えんりょ》がちに希望を告げてくる。

「シャナルディアお姉様が倒《たお》れられ、ララに裏切られた現状、わたくし達としては是非《ぜひ》リュート様に我々の代表となっていただき、皆《みな》を導いて欲しいのですが……」

「やっぱりそうなるか。悪いが『ノワール』の代表者になるつもりはないよ」

オレの返答にメリッサを含《ふく》めて、未だ眠るシャナルディアのベッド側に居る少女達から縋《すが》るような視線を向けられる。

まるで雨の日に捨てられた子犬達のような視線だ。

しかし、たとえそんな目を向けられても、彼女達の頭になり導くつもりはない。

彼女達をPEACEMAKER《ピースメーカー》に入れることも少しだけ考えたが、すぐに却下《きゃっか》した。

元純潔乙女《おとめ》騎士団《きしだん》メンバー達からしてみれば、前組織崩壊《ほうかい》のきっかけになった人物達だ。表だって拒絶《きょぜつ》がなかったとしても、内心で不満を溜《た》め込むのは確実。士気にも影響《えいきょう》が出るだろう。嫁《よめ》達だって同様だ。

何より彼女達を組織に入れれば、いつか情報が漏《も》れて始原《○ー》や大国メルティアなどを敵に回すことになる。

ココリ街内部で爆弾《ばくだん》を抱《かか》えるようなものだ。

突然《とつぜん》何の準備もないまま、街中で始原《○ー》達と戦うかもしれないと考えただけで、頭が痛くなる。

またララが何を考えて動いているのかは分からないが、彼女達全員を抱えるのは正直いって無理だ。目立ちすぎる。

だからといって、始原《○ー》に彼女達の身柄《みがら》を引き渡《わた》す訳にもいかないし、ここで『はい、さよなら』と放《ほう》り出すわけにもいかない。

最低限、彼女達を監視《かんし》するという意味合いでオレ達しか知らない居場所に身を潜《ひそ》めてもらおう。

始原《○○》やメルティア、ララなどに見付からない場所で、シャナルディアの治療《ちりょう》のためにも隠れ潜《ひそ》んでもらうしかない。

問題はどこに身を潜ませるかだ。

彼女達は非常に目立つ。

下手な街ではいくら隠れているつもりでも、情報はすぐに漏れてしまうだろう。

ベストは山奥か、誰《だれ》もいない大陸奥地なんだが……生活環境《かんきょう》が悪すぎるしな。

オレが頭を悩《なや》ませていると、旦那様が解決策を提示する。

「ならばここに住めばいいではないか！」

旦那様は暑苦しい笑顔《えがお》で断言する。

「ここって……この女魔王、ってこういう言い方は不味《まず》いか。彼女が封印《ふういん》されていたこの洞窟ですか？　でも、ここの位置はララにばれていますし、後から大軍が来るかもしれませんよ？」

「知っているからこそ留《とど》まるのだ。まさか彼女もいつまでもここにいるとは思うまい？　それにリュート、忘れてしまったのか。ここは魔物大陸！　大軍で侵攻《しんこう》してきたらあっというまに魔物達に襲《おそ》われ腹の中に収まってしまうぞ！」

旦那様の言葉通り、ここは魔物大陸。

大軍で移動していたら、すぐに魔物と遭遇《そうぐう》して戦いになる。

ここまで辿《たど》り着く間に半減、最悪全滅《ぜんめつ》の可能性すらある。

またそんな大軍と魔物達が戦っていたら、すぐに敵が近付いていると気付くことができる。

なら少数精鋭《せいえい》の手練《てだ》れで攻《せ》めてきたら？

旦那様曰《いわ》く、この洞窟はオレ達が入ってきたルート以外にも道がある。

複数あるルートを教えるから、それを使って逃《に》げればいい。

さらに不幸中の幸いで、女魔王《まおう》の封印は解けてしまったが、クリスタルに似た鉱物でできた大樹にはまだ封印の力が残っている。

この力があるから、魔物大陸の魔物は洞窟へと近付いてこないらしい。

またこの力によって洞窟外の温度に関係なく、内部は一定の過ごしやすい温度と湿度《しつど》に保たれている。

他《ほか》にも半魔物《ハーフ・モンスター》達の街もあるため衣類、水、食料に困ることはない。

旦那様の代わりに街で買い物を代行すれば、喜んで迎《むか》え入れてくれるだろうとのことだ。

資金が無くなったら、『ノワール』メンバーで魔物大陸の魔物を倒し、その素材を街で換金《かんきん》すればいい。彼女達の実力なら、気を付けてさえいれば魔物大陸の魔物達に遅《おく》れをとることはないだろう。

確かに理想的な環境だ。

ここなら下手な街にいるよりずっと安全である。

しかし、旦那《だんな》様がまともなことを言うと、妙《みょう》な違和《いわかん》感があるよな。

オレは失礼な考えを消すため、咳払《せきばら》いをしてから話をまとめる。

「ならメリッサ達はこの洞窟に住んで、シャナルディアの世話を頼《たの》む。数ヶ月か、一年に一度ぐらいのペースでオレ達も様子を見に来るから」

「分かりました。シャナルディアお姉様のことはお任せくださいませ」

彼女達はトップ不在で不安げな表情をしていたが、方針を示されたお陰《かげ》か多少顔色がよくなる。

「後は『ノワール』の下部組織をどうするかだな。正直言ってもう必要ないから、組織を解散するべきだと思うんだが、メリッサはどう思う？」

「リュート様の仰《おっしゃ》る通り、解散が妥当《だとう》だと思いますわ。わたくし達にはもう必要のないものですから」

「なら、組織を回って解散させないとな。全員で動くわけにもいかないから、誰か代表者をだして解散させるしかないか」

「それならわたくしはノーラを推薦《すいせん》します」

名前があがり、ノーラは驚《おどろ》きの表情を浮《う》かべる。

メリッサは構わず話を続けた。

「下部組織は基本的に代行の男性、注射器を作り出した人に任せていますの。ノーラなら面識もありますし、リュート様達と歳《とし》が近いため、組織に居ても目立たず違和感が少ないと思いますから」

「なら、ノーラを一時的に借りるよ。用事が済んだら連れて戻《もど》ってくるから」

「ご配慮《はいりょ》、ありがとうございます。ノーラ」

「は、はい！」

メリッサに名前を呼ばれ、彼女は質問回答に当てられた生徒のように声をあげる。

「『ノワール』代表者として、組織解体を任せますわ。リュート様の手足となり、身を粉にしてお力になるのですわよ」

「わ、分かりましたメリッサお姉様！」

彼女は声を上擦《うわず》らせながらも、ハッキリと返事をする。

二人の会話が終わったところで、オレはずっと考えていた疑問をぶつける。

「最後に一つだけ聞きたいんだが……ミーシャを殺したのはメリッサ達か？」

魔物大陸の都市、アルバータ。

そこでオレを騙《だま》し、奴隷《どれい》に売り払《はら》った三人の一人である魔人種族《まじんしゅぞく》、悪魔族《あくま》、ミーシャと出会った。

だが、彼女は出会って数日後、何者かの手によって殺害された。

この洞窟《どうくつ》で『ノワール』と出会ってから、彼女達がミーシャを殺した犯人じゃないかと疑っていたのだ。

オレはミーシャ殺害事件の詳《くわ》しい話をすると、メリッサ達が困惑《こんわく》しながら否定する。

「わたくし達もリュート様達の後を付けるため、アルバータに居ましたが、『ミーシャ』という人物を殺害なんてしていませんわ！　第一、リュート様が騙されて奴隷に売られたなんて初めて知りましたもの」

メリッサやノーラ、他メンバー達の反応を見ても嘘《うそ》を言っている様子はない。

目に力を込《こ》めると、青い顔で否定し続ける。

まるで新しくなった主人に疑われて青くなる奴隷のような反応だ。正直、こちらが苦手意識を持つ態度である。

「あっ、でも一つだけ気になることが……」

ノーラが当時の話を聞いて記憶《きおく》を思い出したのか、挙手してから答える。

「その日の夜、ララお姉様がベッドを抜《ぬ》け出して外へ出る音を聞きました。同じ部屋のベッドで、その時は眠《ねむ》りの意識が浅くて周囲の音に耳を澄《す》ませていたので」

最初はトイレかと思っていたが、すぐには戻ってこず気付いたら自身も深く眠って朝になっていたらしい。

ベッドから抜け出しシャナルディアが泊《と》まったスイートルームに顔を出すと、すでにララが彼女の側《そば》にいた。

自分が寝《ね》た後、戻ってきたんだろうと気に留めなかったらしい。

（もしかしたら、ララが深夜に部屋を抜け出しミーシャを殺したということか？）

オレはあくまで『ノワール』がこの街に居たという状況《じょうきょう》から、彼女達がミーシャを殺したのかもしれないと思った。

もしララが単独で本当にミーシャを殺したのだとしたら……その理由はなんだ？

まさかオレを騙し、奴隷にしたことに腹を立てて彼女を殺したわけではないだろう。

また一つ、ララ本人に聞くことができてしまった。

オレ達はさらに細かいことを話し合いで決めた。

その日は皆《みな》が疲《つか》れているため、洞窟内部で一泊《いっぱく》。

洞窟内部とはいえ一応警戒《けいかい》して、周辺警戒の歩哨《ほしょう》の時間を取り決めた。

最終的に洞窟内部から出たのは、翌日の朝だった。

▼

魔王が封印されていた洞窟を『千里眼《せんりがん》』で抜け出したララは、魔物大陸を一人走っていた。

リュート達に邪魔《じゃま》されないよう距離《きょり》を取るためだ。

十分距離を取ったところで、連絡《れんらく》用の魔術道具《まじゅつどうぐ》を出す。

ポケベルのように一方通行で連絡を入れるだけで、通信などはできない。それでも稀少《きしょう》な魔術道具で市場に出ていない代物《しろもの》だ。

ララが連絡を入れると、少しだけの静寂《せいじゃく》の後に。

目の前に黒い人物が空間転移し、姿を現す。

相手は頭まですっぽりと黒い外套《がいとう》で隠《かく》し、ズボン、手袋《てぶくろ》、ブーツ、顔を隠す仮面は空気穴一つない。

お陰で男なのか、女なのか性別すら分からない。

ララは興奮に頬《ほお》を紅潮させながら、片膝《かたひざ》を突《つ》き目の前に現れた人物に『魔法核《まほうかく》』を差し出す。

「ついにオリジナルを手に入れることができました。これで私達の悲願達成も目前です！」

黒い人は右手で差し出された『魔法核』を掴《つか》み、宝石を吟味《ぎんみ》するように興味深く視線を向けた。

そんな彼にララは、先程《さきほど》とはうって変わった硬《かた》い声音で話しかける。

「また一つご報告があります」

彼女の言葉に黒い人物は、『魔法核』からララへと顔を向ける。

ララは頬から冷《ひ》や汗《あせ》を一滴《ひとしずく》流しながら、言葉を絞《しぼ》り出すように報告した。

「魔力《まりょく》開発の際、実験体に使用した女が魔物大陸の街にいました。昔、彼女が実験によって廃人となっていたため、警戒せず目の前で例の話をしていたのですが、その時の内容を彼女が覚えていたようで……。すぐに処分しましたが、彼らの前で内容を口にした可能性があります」

黒い人物は報告を聞き終えても身じろぎしない。

ララも片膝を付いた姿勢のままで、相手の返答をただ待ち続ける。

『オォオォオォオォッォオオォオッォッォッォオォオ！！！』

そんな二人の上空をツインドラゴンの群れが通りかかる。

数は数百。

全長は約一五～二〇メートル。

手で触《ふ》れたら切れそうな鋭《するど》く硬い鱗《うろこ》を全身に纏《まと》い、背に広がる翼《つばさ》で空を自由に飛行している。

通常の竜《りゅう》とは異なる特徴《とくちょう》は二本ある首。

故《ゆえ》に、ツインドラゴンと呼ばれる魔物だ。

ツインドラゴンの群れがララ達をエサと認識《にんしき》。

再び雄叫《おたけ》びをあげ、我先に彼女達へと殺到《さっとう》する。

『オォオォオォオォオォッォオオォオッォッォッ！！！』

だが、その雄叫びは途中《とちゅう》で悲鳴へと変わる。

最も二人に近付いたツインドラゴン達から順番に、内側から破裂《はれつ》するように爆砕《ばくさい》したのだ。

異常事態を察して他のツインドラゴン達は早々に逃走《とうそう》しようとするが、まるで連鎖《れんさ》するように爆発《ばくはつ》する。

数百居た群れは一〇秒もかからず全滅《ぜんめつ》してしまった。

ツインドラゴンの血液、内臓、鱗、骨、筋肉など、死体が雨のように大地へと降り注ぐ。

なのに未《いま》だ二人は動かず、服や体に汚《よご》れがつく様子もない。

ツインドラゴンの死体が降る中、黒い人物がようやく動き、ララへと言葉をかける。

雨の音が強すぎて二人以外には聞こえない。

だが、ララは短い言葉をかけられ、すぐに嬉《うれ》しそうな表情を浮かべた。

どうやら彼女は許されたらしい。

ツインドラゴンの死体の雨が止《や》む。

ララは立ち上がり、黒い人の腕《うで》の中に収まる。

「あっ……」

シャナルディアやリュート達に向けていた冷酷《れいこく》な表情ではない。

まるで初恋《はつこい》の人に抱《だ》き締《し》められている少女のように、ぎこちなく緊張《きんちょう》した表情で腕に収まる。

そして二人は空間へ溶《と》けるように消えてしまう。

大地に残っているのは、細切れになったツインドラゴンの死体だけだった。

第五章　魔王《まおう》アスーラ

魔王が封印《ふういん》されていた洞窟を出発して三日目。

オレ達PEACEMAKER《ピースメーカー》メンバーは、ハンヴィー《HUMVEE》に乗車し中継《ちゆうけい》地点都市の一つであるアルバータを目指していた。

半魔物《ハーフ・モンスター》街で知り合った半魔物《ハーフ・モンスター》達に別れを惜《お》しまれつつ、洞窟を出た。

念のため街の位置が特定され五種族達が攻《せ》めてくるかもしれないと警告したが、彼らは絶望も困惑もせず状況を受け入れる。

何でもこういったことは過去、何度かあり経験済みらしい。

解決方法としてララや『ノワール』が使用した通路を破壊《はかい》し埋《う》め立てる。こうすればどれだけ強力な魔術師でも通路が数十、数百トンの岩や土で埋め立てられているため街に近付くことすらできない。

複数の通路があるのも、一、二本が駄目《だめ》になっても他《ほか》から抜けられるようにするためだとか。考えられているものである。

また一応、魔王封印洞窟に残る『ノワール』メンバーのことも気に懸《か》けてもらうようお願いしておく。

彼らはこれに関しても快く受け入れてくれた。本当にありがたい。

『ノワール』からは、彼女達の下部組織を解散させるためノーラが当分、PEACEMAKER《ピース・メーカー》に同行することになる。

また託《たく》されたのは彼女だけではない。

オレの実父になるケスラン王国、最後の国王シラック・ネロ・ケスランの遺品である『ノームの指輪』が渡《わた》された。

『ノワール』の少女達によれば、シャナルディアが意識がある頃《ころ》オレに指輪を渡すと言っていたため、その願いを叶《かな》えたいらしい。

オレには、少女達が縋《すが》るような目で差し出した指輪を断る勇気はなかった。

実父の遺品云々《うんぬん》はともかく『ノームの指輪』の性能は有用である。

指輪に籠《こ》もった魔力分だけ、岩でゴーレムを作るだけではなく土を掘《ほ》り返したり、好きな形に弄《いじ》ることができるというものだ。

まるで土や岩を魔術液体金属のように操《あやつ》れる指輪である。

魔力が切れたら指輪の宝石部分に触れ、魔力を流せば補充《ほじゅう》されるらしい。

オレは『ノームの指輪』を受け取ると指には付けず、シャナルディアから取り戻した

『番《つがい》の指輪』と一緒に首から下げている小袋《こぶくろ》に入れておく。

こうして準備を終えたオレ達は、半魔《ハーフ・モンスター》物街を出たのだった。


現在、運転はシアに任せている。

オレは隣《となり》の助手席に座っていた。

後ろの荷台ベンチには左側にスノー、クリス、ノーラが。右側にメイヤ、リース、元女魔王——現在、幼女姿の魔王がリースの膝枕《ひざまくら》で未だに眠り続けている。

彼女は封印場所に残さず、連れてきた。

その判断を下したのはオレではなく、旦那様《だんなさま》である。

旦那様は彼女を自分の養女として引き取るため、封印場所から連れてきたのだ。

『魔法核《まほうかく》を失った以上、彼女に強い力はもう残されておらぬ。自分の身すら守れないほど弱体化した以上、好戦的な魔物が多いこの地に残しておくのは危険だからな』

それに、と旦那様が付け加える。

『彼女は嫌《いや》がるかもしれぬが……見た目上、魔人種族《まじんしゅぞく》と名乗れば違和感《いわかん》を持たれぬ容姿をしている。この地に残るよりずっと生活がしやすいだろう。一命に賭《か》けて守ると誓《ちか》った以上、紳士《しんし》としては破るわけにはいかないからな！』

さすが旦那様、男前……いや、紳士過ぎる。

旦那様の言う通り、力を失った以上、魔物《モンスター》大陸に居るより魔人《まじん》大陸で過ごした方が安全だ。

なにより旦那様は魔人大陸で有数の資産家である。

彼女一人を養うぐらい余裕《よゆう》だ。

奥様も彼女を連れてきたとして、旦那様の不貞《ふてい》を疑うことはないし、元女魔王だからといって拒絶《きょぜつ》する器《うつわ》でもない。

むしろ奥様が、幼女化した元女魔王を滅茶苦茶《めちゃくちゃ》可愛《かわい》がりそうだ。

また安全性という意味では、

「むむ！　リュートよ！　魔術馬車を止めるがいい！」

ハンヴィー《HUMVEE》の隣を定員オーバーで乗れなかった旦那様とギギさんが肉体強化術で体を補助して並走していた。

約三〇ｋｍ／時で走行している横を筋肉の塊《かたまり》が並走する姿は中々シュールである。しかも、半日走っても旦那様は息が切れるどころか、汗すらかいていない。

本当にこの人は生物なのだろうか？

魔術師Ｂプラス級のギギさんだって同じように半日走って息切れしているぞ？

ちなみに、そんなギギさんを見てハンヴィー《HUMVEE》に乗ることを勧《すす》めたがやんわりと断られる。

どうやらギギさん的にハンヴィーは苦手なようだ。

「どうかしましたか、旦那様？」

オレはシアに合図を送り、ハンヴィーを停車させる。

「どうやらこの先に複数の魔物の気配を感じる。我輩《わがはい》が排除《はいじょ》してくるので少々ここで待っているがいい」

「えっ、ちょ、旦那様！」

旦那様はオレの返事も聞かず一人走り出す。

助手席に座ったまま、同じように残されたギギさんに視線を向ける。

「……安心しろ。旦那様に任せておけば大丈夫《だいじょうぶ》だ」

ギギさんは腰《こし》に手を当て軽く呼吸を整えながら断言する。

あの旦那様ならドラゴン相手でも笑いながら勝ちそうだが、万が一ということもある。

「一応、様子を見てきます。皆《みな》はここで待っていてくれ。シア、もしなにかあったらハンヴィーを走らせていいから」

「了解《りょうかい》しました」

助手席から降りるオレに、クリスがミニ黒板を向けてきた。

『私も一緒《いっしょ》に行きます』

「……分かった。クリスも一緒に行こう。リース、オレのAKとクリスのライフルを出してくれ」

「分かりました」

リースから、それぞれ銃器《じゅうき》と予備弾倉《だんそう》などを受け取る。

狙撃手《スナイパー》であるクリスが同行してくれるなら心強い。

彼女なら旦那様の援護《えんご》も問題なくこなせるだろう。

後の指揮を一時スノーに任せて、オレとクリスは旦那様の後を追った。


オレとクリスが旦那様に追いつくと、すでに魔物と戦っている最中だった。

相手は魔物大陸の固有魔物《モンスター》である『蝶　蜘　蛛《バタフライ・スパイダー》』だ。

港街ハイディングスフェルトから、アルバータへ移動中にオレ達も一度大軍と出会った。

その時は戦うこともせずやりすごしたが……。

蝶　蜘　蛛《バタフライ・スパイダー》は人間大の蜘蛛の背に、蝶の羽根が生えた魔物である。

獲物《えもの》を発見すると追いかけ、場合によっては羽根で飛んで襲《おそ》いかかってくる。

お尻《しり》から糸を飛ばし、噛《か》みついて麻痺《まひ》毒で獲物を動けなくする厄介《やっかい》な魔物だ。

外皮はそれほど硬《かた》くなく、剣《けん》や槍《やり》、弓でも倒《たお》すことができるが、集団で行動しているため一、二匹《ひき》倒しても一〇、一〇〇の蝶《バタフライ・》蜘蛛《スパイダー》が襲いかかってくる。

正直、あまり相手にはしたくない魔物の一つだ。

旦那様はそんな蝶《バタフライ・》蜘蛛《スパイダー》の大軍と戦っていた。

その数はパッと見ただけで一〇〇〇匹《びき》は超《こ》えている。

「はははははっはははは！」

旦那様が笑い声を上げながら腕を振《ふ》り抜《ぬ》くたび、一〇～二〇匹《ぴき》の蝶《バタフライ・》蜘蛛《スパイダー》が粉々に砕《くだ》け散る。

一方、蝶《バタフライ・》蜘蛛《スパイダー》の攻撃《こうげき》は……集団で糸を吐《は》き出し、旦那様の行動を阻害《そがい》しようとするが、

「はっはははは！　何をしたいか分からんが頑張《がんば》ることはいいことだぞ！」

旦那様は体に絡《から》まり行動を阻害しようとする糸を、まるで気にせず引き千切り拳《こぶし》を固めて攻撃する。

さらに蝶《バタフライ・》蜘蛛《スパイダー》は噛みつき、麻痺させようとするが魔力《まりょく》の壁《かべ》に阻《はば》まれ皮膚《ひふ》にすら届かない。

「ふんぬば！」

気合いを入れて一撃《いちげき》。

旦那様がアッパーで天高く、拳を振り上げると五〇匹近くの蝶蜘蛛《バタフライ・スパイダー》が竜巻《たつまき》に巻き込まれたように粉々になり舞《ま》い上がる。

攻撃後の隙《すき》を狙《ねら》って噛みつくがやはり魔力の壁を突破《とっぱ》することができない。

むしろ噛みついた魔力の壁が小爆発《ばくはつ》。

噛みついていた蝶蜘蛛《バタフライ・スパイダー》の頭部が粉々に砕け散る。そんなこともできたのか……もうなんでもありだなあの人。

隣に視線を向けると、クリスもオレと似たような表情をしていた。

こうして旦那様は三〇分もかからず蝶蜘蛛《バタフライ・スパイダー》の大軍を全滅《ぜんめつ》させる。

旦那様自身、掠《かす》り傷一つ負わず、息も乱していない。

こんな規格外、バグキャラ、チートキャラの側《そば》で元女魔王は暮らすのだ。

さらに奥様やギギさんなど腕《うで》の立つ人も屋敷《やしき》には居る。

安全性を考えるなら、ブラッド家で暮らすのが賢明《けんめい》な選択《せんたく》だ。

旦那様は蝶蜘蛛《バタフライ・スパイダー》を全滅させると、オレ達の存在に気が付く。

「クリスとリュートではないか。わざわざ迎《むか》えに来たのか！　はっはははは！　まったく父想《おも》いの夫婦だな!」

「ははは……」

オレとクリスは顔を見合わせ、旦那様に微苦笑《びくしょう》を浮《う》かべる。

乾《かわ》いた笑いしか出てこない。

ちなみに倒した蝶蜘蛛《バタフライ・スパイダー》の素材は、リースの無限収納に確保。

さらに移動中にヘビーロックの群れを旦那様が倒してくれたので、その素材もリースの無限収納に確保した。

旦那様が魔物を倒し、リースの無限収納にしまうというコンボのお陰《かげ》で、オレ達は楽をして大金を手にする。

本当に旦那様が味方でよかった。

▼

その日、オレ達は適当な平原にハンヴィー《HUMVEE》を止めて野営準備に取り掛《か》かる。

リースがハンヴィーを無限収納にしまいベッドを取り出す。

一時的にそこへ元女魔王《まおう》を寝《ね》かせる。

他《ほか》にも野営に必要な物を出してもらい、オレ達は準備に取り掛かった。

さすがに慣れたもので、皆自分の役割をこなす。

ノーラだけは慣れていないせいか、自分が何をしていいか分からず狼狽《うろた》えている。そんな彼女に声をかけた。

「ノーラ、こっちを手伝ってくれ」

「わ、分かりました。リュート様」

まさに借りてきた猫《ねこ》状態で大人しく指示に従う。

ノーラと一緒にリースに出してもらった大型テント用具一式を組み立てる。

なぜかテントを建てた状態では無限収納にしまえないのだ。

リース曰《いわ》く、『地面に杭《くい》が刺《さ》さっているからでしょうか？』らしい。

しかし慣れているとはいえ、二人では建て難《にく》く見かねたクリスが手伝ってくれる。

『リュートお兄ちゃん、ノーラちゃんお手伝いしますね』

「ありがとうクリス、助かるよ」

「あ、ありがとうございます、く、クリス様」

クリスの気さくな態度とは正反対に、ノーラはビクビクと落ち着かない様子で返事をする。スノーやリース、シア、メイヤなど他の人達に対してもよそよそしいが、クリスに対しては特に気後《きおく》れした態度を取る。

理由は分からないが、どうもノーラはクリスが苦手なようだ。

オレは視線でクリスに問いかける。

『何かしたのか?』

『いいえ、まったく身に覚えがありません』

クリスとも長い付き合いだ。

彼女もアイコンタクトですぐに否定する。

では、いったいどうしてノーラはクリスを怖《こわ》がっているんだ?

オレはテントを組み立て終えた後、さりげなくノーラに声をかける。

「テントの組み立て手伝ってくれてありがとうな。ノーラのお陰で早く終わったよ」

「いえ、リュート様のお力になることがノーラ達の喜びなので!」

彼女は元『ノワール』だけあり、スノー達とはまた違《ちが》ったベクトルの慕《した》い方をしてくる。

反応に困りながらも話を続けた。

「何か問題とかない? もしあるなら遠慮《えんりょ》なく言ってくれていいんだぞ。ノーラは今、オレ達の旅の仲間なんだから」

「い、いえ、皆さんによくしてもらっているので問題なんて……」

「たとえば苦手な人とか、話がし辛《づら》い人とかは居るか？　別に責めてる訳じゃなくてあくまでたとえばって話だから」

ちらりとノーラが、調理を手伝うクリスに視線を向ける。

やっぱり、クリスがどうも苦手らしいな。

オレの気遣《きづか》いを察したのか、ノーラが意を決して言葉を吐き出す。

「嫌《きら》いという訳ではないのですが……クリス様はそのちょっと……」

「どうして？　歳《とし》も近いし話がしやすそうだと思うんだが」

ノーラは『ギュッ』と自身の服を強く摑《つか》みながら、絞《しぼ》り出すように原因を話す。

「ま、前にココリ街でクリス様達と戦った際、全力で振《ふ》るった鞭《むち》の先端《せんたん》を銃弾《じゅうだん》で潰《つぶ》され、大爆発《ばくはつ》する魔術《まじゅつ》道具を作動させて吹《ふ》き飛《と》ばされたり、お姉様達の足を引っ張らないように自害しようとしても簡単に邪魔《じゃま》されて……。その全部をクリス様がやったと知って……」

（あっ、ノーラがクリスのことが苦手な原因はそれか）

『紅甲冑《くれないかっちゅう》事件』後、クリス達から戦闘《せんとう》の話を聞いた。

最初はスノーが魔動甲冑を纏《まと》ったノーラと一戦。彼女を対戦車地雷《じらい》＆ワイヤーが設置、張《は》り巡《めぐ》らされた森へと誘導《ゆうどう》した。

後は作戦通り対戦車地雷で魔動甲冑ごと吹き飛ばし、ノーラの無力化に成功したが、結局は逃《に》げられてしまった。

その際、彼女の言葉通りクリスが活躍《かつやく》した。あの戦いでノーラはトラウマを植え付けられたのだろう。そのトラウマを植え付けた張本人が目の前に居たらそりゃ挙動不審《ふしん》にもなるわ。

(うーん……)

オレが腕組《うでぐ》みして、ノーラをどう慰《なぐさ》めようと考えをめぐらせていると。

突然、後ろから声をかけられる。

「リュー……」

今まで聞いたことがない声音《こわね》。

名前を呼ばれ振《ふ》り返るとベッドで上半身を起こした元女魔王、今は美幼女の魔王がこちらを見詰《みつ》めていた。

彼女とがっちり目が合う。

彼女は恋《こい》する乙女《おとめ》の蕩《とろ》けた笑《え》みで、ベッドからオレに向かってジャンプする。

「妾《わらわ》を迎えに来てくれたのだな！　あぁ、愛《いと》しい人！」

回避《かいひ》は容易《たやす》いが、元魔王の突然の行動にオレを含《ふく》めて、全員が作業の手を止め固まって

しまった。
結果、オレは彼女を避《さ》けず受け止めてしまう。
元女魔王はオレの首に手を回し、唇《くちびる》を重ねてくる。
「んっ……」
激しい舌づかい。
元女魔王の舌が緩急《かんきゅう》をつけて、オレの口内を責め立てる。
(!?!?!?)
幼女姿のくせに滅茶苦茶《めちゃくちゃ》キスが上手《うま》い！
暫《しば》し唾液《だえき》の粘着《ねんちゃく》音が周囲に木霊《こだま》する。
気付くと腰《こし》が砕けて、仰向《あおむ》けに倒れてしまう。
それでも彼女は激しく、時に甘く、口づけを交《か》わしてくる。
「んっぱ！」
ようやく元女魔王が唇を離《はな》す。
オレはというと昇天《しょうてん》一歩手前の状態だ。
彼女はキョロキョロと辺りを見回し、
「ん？　ここはどこじゃ？」と可愛《かわい》らしく小首を傾《かし》げた。

▼

「まさか妾の封印《ふういん》が解かれ、『魔法核《まほうかく》』を奪《うば》われてしまうとは……」

起き抜《ぬ》けに寝ぼけてオレに襲《おそ》いかかり、唇を奪った元女魔王は完全に目を覚ます。

現在はリースが無限収納から取り出した椅子《いす》に腰を下ろし、テーブルに手をついて深い溜息《ためいき》を漏《も》らしていた。

この溜息に旦那《だんな》様が珍《めずら》しく、落ち込んだ声を出す。

「申し訳ありません。我輩《わがはい》が居ながら後《おく》れをとってしまい」

この謝罪にたいして彼女は首を横に振《ふ》った。

「気にするな。今回の一件は『番《つがい》の指輪』……妾のせいなのだから。しかし、まだあの指輪が存在していたとは。とっくの昔にリューが捨てたか、失《な》くしたかと思っていたのだがな」

「あ、あのその『リュー』って人は？」

「うむ、妾の元恋人《こいびと》……遥《はる》か昔、将来を誓《ちか》い合っていた者じゃ」

オレを押し倒《たお》し強引《ごういん》にキスした相手、元女魔王、改めアスーラが過去を語り出す。

旦那様から洞窟《どうくつ》で聞いた話と被《かぶ》る部分が多かった。

アスーラは魔法核を制御《せいぎょ》し、最初の大陸へ移動。

その大陸で虐《しいた》げられていた人々と手を取り合い一体目の魔王を倒した。

倒した魔王から抜き取った魔法核を分割し、人々に分け与《あた》える。

「リューは魔術核《まじゅつかく》を受け入れられる体質ではなかったが、彼は率先《そっせん》して前に立ち、気付けば人々を引っ張るリーダー的立ち位置になっていたのじゃ。人々の前に立ちリーダーシップを発揮するリューの姿といったら。はうぅぅ、恰好《かっこう》良かったのぉ」

アスーラは小さな手で両頬《ほお》を挟《はさ》み、クネクネと悶《もだ》える。

まさか元女魔王の惚気《のろけ》話を聞くことになるとは……。

「妾達は協力し次々に大陸を渡《わた》り愚《おろ》かな弟子《でし》達、今の言葉で表すなら魔王達を倒していったのじゃ」

魔王を全《すべ》て倒し終わった後、人々は勝利に酔《よ》いしれた。

しかし、問題が全て片付いた訳ではない。

多数の魔物、以前とはまったく姿形を変えてしまった人々、荒《あ》れた土地。

そこでまずリューは人々を纏《まと》めるため国を造ることを決める。

仲間や力の無い弱い人々を守るためという理由もあったが、以後他の大陸で国を造る際のモデルケースにしてもらう狙《ねら》いもあった。

国名はケスランと名付けられる。

リューは初代『ケスラン』の王として即位《そくい》した。

また彼の狙い通り、他大陸の住人達も『ケスラン』を参考に国造りを始める。

リューは国だけではなく、五種族英雄《えいゆう》を中心に魔物を退治するため冒険者斡旋組合《ギルド》の前身となる組織を作る。

他にも制度や他大陸との貿易、通貨制度、人材育成機関作りなどを率先しておこなう。

こうして人々は魔王討伐《とうばつ》以後、急速に復興していった。

「そんな中……リューと妾はいつしか互《たが》いを愛し合うようになっていたのじゃ」

彼女は両頬に手を当て体をくねらせる。

「リューは全てが一段落したら結婚《けっこん》して欲しいと、妾にプロポーズしてきての。妾もすぐに了承《りょうしょう》したのじゃ。その時、妾が魔法《まほう》で作り出したのが『番の指輪』じゃ」

アスーラの視線がオレの手にある『番の指輪』へと向けられる。

彼女の手のひらにもいつのまにか同じ指輪が握《にぎ》り締《し》められていた。

「その指輪には、魔術が使えないリューのことを心配して妾の力の一部を密《ひそ》かに込《こ》めておいたのじゃ。当時全盛《ぜんせい》期だった妾の魔法核の力によって『番』の言葉が示す通り、互いの魔力《まりょく》が共鳴し合い、引き合うように作られておる。……まさかその魔力共鳴力を封印の解除に使われるとは、さすがに予想できなかったがの」

そして、ある日の夜。

アスーラはリューに手紙で呼び出された。

だが向かった場所に彼はおらず、彼女は五種族英雄達に襲われた。

呼び出されたその場所には、彼女の力を極端《きょくたん》に抑《おさ》える特殊《とくしゅ》な魔術道具が設置されていたのだ。

深手《ふかで》を負いながらもなんとか脱出《だっしゅつ》したアスーラは、魔物大陸へと逃げ延び隠《かく》れた。

彼女が昔を振り返り、寂《さび》しそうに呟《つぶや》く。

「あの五種族英雄達が妾を裏切った理由は分かるが、今でもどうしてリューが妾を裏切ったのかだけは分からないのじゃ。むしろ分かりたくないだけなのかもしれないがの……」

最後はやや自嘲《じちょう》気味に語った。

そんな気持ちがあったのと久しぶりの覚醒《かくせい》、ある意味で寝起《ねお》きだったため、リューに似ていたオレに彼女は飛びつきキスしてきたのだ。

「しかし、本当に見れば見るほどリューに似ておるの」

「そんなに似てますか？」

「妾の記憶《きおく》……長く生き過ぎて魔法で古すぎる記憶は封印しておるが、リュートは出会った頃《ころ》の若いリューにそっくりだぞ。お主がリューの血を引いているのなら当然といえば当然じゃが」

リューというアスーラの想《おも》い人は、初代ケスラン王。

オレの何代前かまでは知らないが、ご先祖様だ。

人種族《ひとしゅぞく》だったため、すでに亡《な》くなっている。

名前まで近いのには驚《おどろ》いたが。

想い人の子孫と知って、アスーラは乙女な瞳《ひとみ》でチラチラとオレを盗《ぬす》み見てくる。若干《じゃっかん》、居《い》心地《ごこち》が悪い。

オレは咳払《せきばら》いしてから、アスーラに今後の話をする。

「とりあえず、魔法核が奪われた今、アスーラ様は魔法も魔術も使うことができないんですよね？」

「うむ。魔法核を奪われた今、残念ながら力を使うことはまったくできない。すまぬ」

「いえ、アスーラ様が謝罪することじゃありませんよ」

「そ、そうか……あと、妾のことは『アスーラ』と呼び捨てで構わぬぞ？」

頬を染め、まるで少女漫画《まんが》ヒロインのような表情で訴《うった》えてくる。

どういう態度を取ればいいか分からず、とりあえずオレは微苦笑《びくしょう》だけして誤魔化《ごまか》す。

「なら安全を考え旦那様のお屋敷《やしき》……魔人大陸へと移られるのが最善だと思いますが、よろしいですか？」

「リュート達はどうするのだ？」

「オレ達は軍団《レギオン》がある獣人《じゅうじん》大陸、ココリ街へと戻《もど》るつもりです」

「妾もリュート達と一緒《いっしょ》に行っては、やはり迷惑《めいわく》か？」

幼女姿のせいもあり、縋《すが》るように向けられる上目遣《うわめづか》いに心が揺《ゆ》り動かされる。

答えに詰《つ》まっていると、旦那様がタイミング良く口を挟んでくれた。

「アスーラ様、我が儘《まま》を言ってはなりません。ご自身の安全を考えれば、我輩の屋敷に住むのが最善ですぞ」

「……そうだな。すまぬ、リュート、我が儘を言った」

「いえ、気にしないで下さい」

オレ個人としては連れ帰ってもいいが、彼女の安全を考えたらそれはできない。

アスーラもそれを理解しているため、『旦那様の奴隷《どれい》解除』などを盾《たて》に無理を通そうとはしなかった。

「さて、難しい話はここまでにして夕食にしましょう！　アスーラ様も是非《ぜひ》！　リュート達の作る食事はとても美味ですぞ！　はははははっはっはっははあ！」

「久しぶりのまともな食事じゃから楽しみじゃの！」

旦那様の笑い声に、アスーラは空気を読んで賛同する。

良い人だからこそ、彼女には危険な目にはあって欲しくない。

オレ達は旦那様の言葉をきっかけに遅《おそ》くなってしまった夕食を摂《と》った。

▼

アスーラが目覚めた後、予定を変えず目的地のアルバータを目指す。

行きは半月ほどかかったが、魔物が出ても旦那様が笑いながら倒してしまうので、帰りは約七日で戻ってくることができた。

直接、街にハンヴィー《HUMVEE》で乗り込むようなマネはせず、徒歩約一時間かかる位置で収納。

以後は街まで歩く。

アスーラには申し訳ないが、頭まですっぽり隠せるコートに袖《そで》を通してもらう。念のため姿を隠してもらったのだ。

アルバータの門が見えてくると、否応《いやおう》なく気分が高揚《こうよう》する。

なぜなら久しぶりに夜、歩哨《ほしょう》などせず柔《やわ》らかいベッドで眠《ねむ》ることができるからだ。

屋台や飲食店での食事も楽しみでしかたない。

（すぐには動かず、しばらく二、三日はアルバータで英気を養うのもいいかもしれないな）

そんなことを考えながら門をくぐると、

「お帰りなさい、ギギさん！　そして、その他の方々！」

なぜか帰る日付も時間も連絡《れんらく》していないのに、受付嬢《じょう》さんが当然といわんばかりに街の出入り口で出迎《でむか》えてくれる。

ギギさん、旦那様、アスーラ以外のオレ達全員が凍《こお》り付いているのも無視して、受付嬢さんが笑顔《えがお》で近付いてきた。

「お帰りなさいませ、ギギさん！　捜《さが》していた人は見付かったようですね。おめでとうございます！」

まるで夫を出迎える新妻のように、受付嬢さんがギギさんへ満面の笑みを向ける。

「お陰様《かげさま》で無事、旦那様を連れ戻すことができました。これもリュートやお嬢様達の協力があったからこそ。ところでどうしてここに？」

ギギさんは当然の疑問を受付嬢さんに尋《たず》ねる。

彼女は待ってましたとばかりに笑顔で告げた。

「今朝起きた時、なんだか今日、ギギさん達が帰ってくるような気がして。だから、偶然《ぐうぜん》、たまたま、気分転換《てんかん》のついでにここへ来たら、本当にギギさん達が帰ってくるのに気付いたのでお出迎えしたんですよ！　なんだか、これって凄《すご》く運命を感じますよね！」

個人的には執念《しゅうねん》、いや、執着《しゅうちゃく》、怨念《おんねん》といったオドロオドロしいものを感じるんですが……。

ギギさんは、両頬を手で押さえて恥《は》ずかしそうに体をくねらせる受付嬢さんに対して『そうだったんですか』と今の説明で納得《なっとく》してしまう。

受付嬢さんのあからさまな『運命の相手はあ・な・た』的な空気にギギさんはまったく気付かず、一人納得していた。

そんな彼の鈍《にぶ》さにもドン引きしていると、旦那様《だんな》も空気を読まず二人に声をかける。

「ははっははっは！　ギギ、彼女とは随分《ずいぶん》親しそうだな！」

旦那様の楽しげな声音《こわね》に、受付嬢さんが視線を向ける。

旦那様は紳士《しんし》らしく、まずは自ら挨拶《あいさつ》した。

「初めましてお嬢さん。我輩《わがはい》はダン・ゲート・ブラッド伯爵《はくしゃく》！　誉《ほま》れ高き闇《やみ》の支配者、ヴァンパイア族である！」

「ダン・ゲート・ブラッド……えっ、ダン・ゲート・ブラッドって言ったら……え？　本物？」

受付嬢さんが旦那様の自己紹介《しょうかい》に驚き、目を白黒させる。

途中《とちゅう》で、自身が失礼な態度を取っていることに気付き慌《あわ》てて謝罪した。

「す、すみません！　私、冒険者斡旋組合《ギルド》で受付嬢をしているので、ダン・ゲート・ブラッド様のお話を色々聞いてて、まさかギギさんがお捜《さが》しになっていた人があの伝説の方だったなんて驚いてしまって。失礼しました」

「はははははは！　気にする必要はない！　それに我輩が冒険者だったのは昔の話！　そう構えなくても大丈夫《だいじょうぶ》だぞ！」

「あ、ありがとうございます」

本人から許しを得たため、受付嬢さんがほっと胸を撫《な》で下ろす。

旦那様は過去、冒険者としていったい何をやらかしたんだ？　なんか伝説云々《うんぬん》とか言ってたようだが。

この人のことだから色々やらかしたんだろうな……。

受付嬢さんと旦那様の会話が一区切りついたのを確認《かくにん》して、ギギさんが改めて彼女を紹介する。

「先程《さきほど》、本人の口から話してくれたように冒険者斡旋組合《ギルド》で受付嬢をしている方で、リュートの冒険者駆《か》け出し時代からお世話になり、クリスお嬢様も姉のようにお慕《した》いしているそうです。その関係で自分も色々気にかけていただき、旦那様を捜す手助けをしてくださったのです」

手助けというか、ギギさんに気に入られるため、竜人《りゅうじん》大陸の冒険者斡旋組合《ギルド》受付嬢という立場を利用し、美味《おい》しいクエストを優先的にまわしてきただけのような気がするが……言ったら酷《ひど》いことになるから絶対に口にしない。

しかし、空気を読まない旦那様がオレが胸中で考えていた以上の爆弾《ばくだん》を投下する！

「そうか！　そうか！　ははははっはっはは！　我輩はてっきり、仲が良いからギギの恋《こい》人《びと》かと思ったぞ！」

「ちょ!?　旦那様!?」

オレは思わず、上擦《うわず》った声をあげる。

なんてことを言うんだ！　ほらみろ！　受付嬢さんが今まで見たことのない幸福そうな表情を浮《う》かべているじゃないか！

ギギさんの雇《やと》い主である旦那様から『恋人に見える』という言質《げんち》を取った。そのアドバンテージは大きい。

さらに全身から、ギギさんがどんな答えを出すか待っている。

彼の返答内容によってギギさんの中で、受付嬢さんがどの位置に居るのか把握《はあく》することができる。

もし好感度が高いようなら、今夜にでも彼女はギギさんを捕食《ほしょく》——ごほん！　押し倒《たお》し、逃《に》げられないように既成《きせい》事実を作り出そうとするかもしれない。

オレ達はギギさんの返答を待つ。

「いえ、恋人ではありません。ただの知り合いです」

「ぐふッ！」

ギギさんは気負った様子も気恥《きは》ずかしさもなく、天気の話をするように断言する。

先程まで幸福そうな表情を浮かべていた受付嬢さんが、ボディーブローを喰《く》らったボクサーのように体を折り曲げた。

「クリスお嬢様とリュート達と仲が良く、その延長上で自分に良くしてくださっている友人ですよ」

「げほッ！」

受付嬢さんはギギさんが口を開くたび、ダメージを受ける。

彼女の努力とは裏腹に、ギギさんにまったく意識されていないことを知ったのだから当然といえば当然だが。

ギギさんの話はまだ続く。

「彼女と恋人になるなんて考えたこともありません。いくら旦那様でも、自分のような愚《おろ》か者と彼女を恋人同士にするなんて失礼です。あくまで彼女は自分にとって大切な友人なのですから」

「がッはぁ！」

止《や》めてあげてギギさん！　もう受付嬢さんのライフはゼロよ！

ギギさんの台詞《せりふ》に受付嬢さんは真っ白な灰のようになっていた。

正直、受付嬢さんのことを『魔王《まおう》』とかいって怖《こわ》がっていたけど、今はただひたすら可《か》哀相《わいそう》で涙《なみだ》が出そうだ。

もう誰《だれ》でもいいから、彼女のことを幸せにしてあげて欲しい。

オレは思わずそんなことを考えながら、まったく脈の無いことを知り落ち込んでいる受付嬢さんを悲しげな瞳《ひとみ》で見つめることしかできなかった。

旦那様とギギさんのやりとりの後、受付嬢さんは真っ白な灰状態のままふらふらとどこかへ去ってしまった。

ギギさんが心配して後を追いかけようとしたが、傷口にハバネロを塗《ぬ》り込む行為《こうい》を見過ごすわけにはいかず、強引《ごういん》に引き止め宿屋へと連行する。

そのままオレ達は宿屋へ宿泊《しゅくはく》した。

正直、アルバータで二、三日休み英気を養うつもりだったが、ギギさんに一方的に振《ふ》られた反動で受付嬢さんが何をしでかすか分からない。

またこれ以上、受付嬢さんとギギさんを接触《せっしょく》させて、彼女が一方的に傷つく姿を見たくない。

なんだかんだ言って、受付嬢さんには色々お世話になったわけだし。

だから、翌日にはさっさと移動を開始すると宣言。

これに対してギギさんが、

「皆《みな》、移動で疲《つか》れているのだから、この街で休み英気を養うべきではないか？」

誰のせいでこういう決断をしたのか一から説明したかったが、受付嬢さんの名誉《めいよ》のためにもオレは適当な言い訳を並べる。

「早く港街ハイディングスフェルトに戻《もど》らないと、レンタル飛行船の空きがなくなるかもしれないので」

クリスも『すぐにでもお母様にお父様を引き合わせたい』と横から援護《えんご》してくれた。

実際は都合の良い言い訳だけではなく、本心から早く旦那様をセラス奥様や使用人達が待つブラッド家へと連れて行きたいと思っている。

故《ゆえ》に感情がこもり、説得力を伴《ともな》っていた。

またクリスには甘いギギさんは、彼女の提案に反論せずすぐに賛成へとまわる。

ある部分は本当にチョロいんだよな、ギギさんは……。

彼以外にはこの決断に、反対の声を上げる者はいなかった。


翌日。

アルバータを出たオレ達が次に目指した街は、港街ハイディングスフェルトだ。

一応、出発前にエル先生の双子《ふたご》の妹であるアルさんに挨拶をするために、彼女の勤め先に顔を出す。

しかし支配人曰《いわ》く、ミーシャの一件で、オレと関《かか》わりのある彼女は別の街の支店へと異動させられたらしい。

ミーシャ殺害犯として疑われているオレの知り合いだと広まったら、誰も怖がってアルさんにお金を落とさなくなるのを危惧《きぐ》したからだ。

完全に誤解なんだが……異動した後で言っても仕方ないか。

一応、アルさんが移った街の名前を聞いてはおいたが、わざわざ会いに行くつもりはない。正直に言えばもう二度と会いたくないからだ。

アルさんと顔をあわせるたび、自分の中の大切なモノがごりごりと削《けず》られていく気がするのだ。

けど、そういう相手に限って、絶対にまたどこかで嫌《いや》でも顔をあわせるんだよな……。

変な確信を抱《いだ》きながら、オレはハンヴィーのハンドルを握《にぎ》り締《し》める。

ちなみに前回は商隊の護衛について移動したため、ハンヴィーが使えず港街ハイディングスフェルトからアルバータまで一〇日ほどかかってしまったが、今回は数日で辿《たど》り着くことができた。

港街ハイディングスフェルトに着くと、すぐにレンタル飛行船屋へと足を運んだ。嘘《うそ》から出た実《まこと》ではないが、飛行船が全《すべ》て出払《ではら》ってしまっているらしい。

どんなに急いでも後半月ほどは戻って来ないとか。

運が悪いとしか言い様がない。

海上を進む船ならあるが、速度は飛行船に比べると圧倒的《あっとう》に遅《おそ》いのだ。船に乗るなら、半月待って飛行船をレンタルした方が早く魔人大陸に着く。

とりあえず移動につぐ移動で皆、疲れている。

数日は疲労《ひろう》を抜《ぬ》くため休むことが決定したのだった。

▼

港街ハイディングスフェルトは魔物大陸の玄関口《げんかんぐち》だけあり、物資や輸出される品物が多数ある。そのため露店《ろてん》を見て回るだけで一日楽しむこともできた。

元女魔王であり、今は幼女の姿のアスーラがとても珍《めずら》しがり、露店を見て回っていた。

スノーやクリスは彼女の護衛役として念のため付いてもらう。

旦那《だんな》様とギギさんは、自分達とアスーラの滞在費《たいざい》や飛行船代を稼《かせ》ぐため魔物退治に出て行ってしまう。

道中で倒した魔物は、半魔物《ハーフ・モンスター》街から港街ハイディングスフェルトまでのかかった費用としてオレ達へと贈《おく》られた。

正直、多すぎるため換金《かんきん》した半分を渡《わた》そうとしたのだが二人とも拒否《きょひ》。半分でも旦那様、ギギさん、アスーラの滞在費と飛行船代には十分だというのに……。

オレはというと元『ノワール』のノーラ、メイヤを連れて冒険者斡旋組合《ギルド》への事務処理、念のため飛行船レンタル屋に『他大陸や街からここに飛行船を寄越《よこ》すことはできないか？』と相談を持ちかける。

しかし、やはり他大陸や街から飛行船を寄越すことは難しいらしい。

移動する足が無い以上、オレ達は当分、港街ハイディングスフェルトで待つしかないようだ。

そんな風に二日ほどハイディングスフェルトで過ごす。

唯一《ゆいいつ》、リースとシアは外へ出ず二日間宿に籠《こ》もっていた。

リースの元気がない。

あまり部屋の外にも出ず、シアが淹《い》れた香茶《かおりちゃ》を手に何か考え込んでいることが多い。

シアはリースの護衛メイドとして、彼女の側《そば》に影《かげ》のように付き従っていた。

リースが考えていることはなんとなく分かる。

実姉《じっし》、ララ・エノール・メメアについてだろう。

ララが『ノワール』を裏切り、アスーラから魔法核《まほうかく》を奪《うば》った。

恐《おそ》らくその魔法核で何か大きなことをやるつもりなのだと、リースでなくても分かる。

実妹《じつまい》である彼女は、そんな姉のことで頭を悩《なや》ませているのだろう。

リースの気持ちも分かるが、部屋に閉じ籠もって悶々《もんもん》と考え込むのは体に悪い。彼女の夫として、リースを励《はげ》ますためにも行動を起こすべきだ。

三日目の朝。

朝食を摂《と》り終えると、旦那様とギギさんは費用を稼ぐため魔物退治へと出かけてしまう。

スノー、クリス、アスーラは今日、どこへ出かけるかの話し合い。

メイヤは武器のメンテナンス。

ノーラは借りてきた猫《ねこ》のように隅《すみ》で大人しくしている。

リースはシアが淹れた香茶を前に、ここ二日で見慣れた考え込む姿勢になる。

そんな彼女を外へ誘《さそ》うため、オレは声をかけた。

「リース、ちょっといいか？」

「……なんでしょうか？」

「これからウォッシュトイレの改良に使えそうな物品を探しに店を見て回ろうと思うんだが、折角だから一緒《いっしょ》に行かないか？」

この言葉にリースを含《ふく》めて、女性陣《じん》から『うわぁ……』という瞳で見詰《みつ》められる。メイヤだけが羨《うらや》ましそうにこちらを見ていた。

リースを除いたスノー達には、彼女を励ますため今日は外へ連れ出すと事前に断りを入れてある。

だから、彼女が渋《しぶ》らないようにスノー達には背中を押すフォローを頼《たの》んでいたのだが……。

なのにまるで、フォローを入れるどころかリースに同情的な視線を向けている。

なぜだ？

リースはぎこちない笑顔《えがお》を浮《う》かべながら、返答する。

「お、お誘いいただいてありがとうございます。でも、私には専門的なことは分かりませんが、それでもいいのですか？」

「もちろん！　第三者の意見が欲《ほ》しいんだ。だから、難しいことは考えなくても大丈夫《だいじょうぶ》。気付いた点や不満点を指摘《してき》してくれればいいから。準備もあるだろうから、三〇分後に宿の前で待っているよ」

「わ、分かりました。それでは準備しますね」

オレはやや強引に約束を取り付ける。

こうしてオレは無事、リースを外へ連れ出すことに成功した。

シアの手を借り、約束通り三〇分で準備を終えたリースが宿の前に姿を現す。

オレは彼女と手を繋《つな》ぎ、早速《さっそく》ウォッシュトイレ改良に使えそうな品物がないか店を回った。

「見てくれ、こっちの海綿。獣人大陸にあるのより硬《かた》い。これに柄《え》を付ければ、ウォッシュトイレの便座を洗うのにちょうどいいかもしれない」

一応、新・純潔乙女騎士団《おとめきしだん》本部にもスポンジ代わりの海綿があるが柔《やわ》らかすぎる。そのためウォッシュトイレ掃除《そうじ》用にはやや物足りなさを感じていた。

もっとガッチリ汚《よご》れを落とすため、もう少し硬めのが欲しかったのだ。

まさか一件目の店で、ウォッシュトイレ掃除具に使えそうな品物が見付かるとは幸先《さいさき》がいい！

隣《となり》に居るリースを振《ふ》り返ると困惑《こんわく》した表情をしていた。

なぜだ？　こんな素晴《すば》らしい物を発見したというのにどうしてもっと喜ばないのだろう？

「……リュートさんは本当にウォッシュトイレがお好きなのですね」

おかしい。リースに嫌味《いやみ》っぽい台詞《せりふ》を言われたような気がするのだが……いやきっと気のせいだろう。

「ああ、もちろん大好きだよ。リースもウォッシュトイレは気に入ってるだろ？」

「えっ、はい、その気に入ってはいますが……」

「そうか！　やっぱりリースもウォッシュトイレが大好きか！　オレもウォッシュトイレが大好きだぞ！　だからリースに『ウォッシュトイレが大好き！』って言ってもらえると本当に嬉《うれ》しいよ！」

「も、もうリュートさん！　そんな大きな声を出さないでください！」

オレの声に他《ほか》の客が何事かと振り返ってきた。

彼女が赤くなり、頰《ほお》を膨《ふく》らませる。

大声を出してしまったのは不味《まず》かったが、何をそんなに恥《は》ずかしがっているんだろう？

「も、もうリュートさん、他のお店に行きますよ！」

「ちょ、ちょっと待ってくれ！　この海綿だけ買わせてくれ！　ウォッシュトイレ掃除道具の試作品を作りたいから！」

恥ずかしそうな赤い顔で無理矢理店外へ出ようとするリースを押し止《とど》めながら、海綿を購入《こうにゅう》する。

こんな風にオレとリースは他の店々を見て回り、時には品物を買ったりした。

店を見て回るのが楽しくて、あっという間に昼を過ぎてしまう。

買い物疲《づか》れと空腹を癒《いや》すため、オレとリースは手頃《てごろ》な食堂へと入った。

昼食の時間を過ぎたせいか、ホールに座る客の姿は少ない。お陰《かげ》でゆっくりと休憩《きゅうけい》と食事ができるというものだ。

ウェイトレスに注文を終えると、リースがお礼を言ってきた。

「今日はありがとうございました。気を遣《つか》ってくださって」

「……気付いてたのか？」

彼女はオレの反応が面白《おもしろ》かったのか、口元に手を当てくすくすと笑う。

「当たり前じゃないですか。二人で出かけると声をかけられたのに、スノーさん達が自分もと名乗り出ない時点で分かりますよ」

確かに根回しをしなかったら、スノー達も一緒に行くと言い出していただろう。

リースは突然《とつぜん》、遠い目をして、

「ですが、まさか本当にウォッシュトイレ関係の買い物をするとは想像できませんでしたが……」

「最初からするって話をしていただろ？」

「それは言葉の綾《あや》でもう少しこう……いえ、なんでもありません。とにかく、気を遣っていただいてありがとうございます。嬉しかったですよ」

リースは柔らかな微笑《ほほえ》みを浮かべる。

オレは再度の礼に微苦笑《びくしょう》を浮かべる。

「何言ってるんだよ。気を遣うも何も、オレ達は夫婦だろ？　嫁《よめ》が悩んでいるなら、気分転換《てんかん》やその手助けをするのは夫として当然じゃないか」

「リュートさん……」

リースはオレの言葉に熱い視線で見詰め返してくる。

このいい雰囲気《ふんいき》を利用して、話を切り出す。

「だから、何か悩みがあるなら相談にのるぞ。もしそれが解決し辛《づら》いなら、話をするだけでも気持ち的には楽になると思うし」

「そうですね。リュートさんにはお話を……いえ、ぜひ相談させてください」

リースは決意を固めた強い瞳《ひとみ》で、オレを改めて見つめ直す。

そして彼女はあの元女魔王《まおう》の洞窟《どうくつ》でのララ、リースの実姉との戦いを詳細《しょうさい》に説明してくれた。

非致死性装弾《ショットシェル》がまったくララに効かなかったこと、銃器《じゅうき》が無い状態の姉と自分の実力差について。

彼女は淡々《たんたん》とオレに聞かせた。

「つまり、銃器の力がなく姉と対峙《たいじ》した場合、私は手も足も出せず敗北します。一〇回やって一〇回ともです。ですが、現在の非致死性装弾では、姉を無力化するのは難しいのです」

「だから、もっと強力な武器を作って欲しいと？」

オレの言葉に、彼女はゆっくりと首を縦に振る。

「私は国を出る際に『絶対に、五体満足で父様の前に姉様を連れて参ります』と約束しました。だから私は決めたんです。『絶対に姉妹で殺し合いはしない』と。だから、リュートさんにはララ姉様を倒《たお》せる非致死性兵器《NLW》を開発して欲しいのです」

リースは自分の決意した道を歩む覚悟《かくご》を瞳に宿し、夫であるオレに頼む。

愛する妻が決めた道だ。

もちろん、夫であるオレは最大限サポートする！

「了解《りょうかい》。それならいくつか案があるから任せてくれ！」

「ありがとうございます！　リュートさん！」

丁度《ちょうど》話の区切りにウェイトレスが食事を運んでくる。

海が近いため海鮮《かいせん》メインの料理が並ぶ。

魚をまるごと一匹《いっぴき》焼いた塩焼き。貝の蒸《む》し焼き。小さなカニやエビ、魚のぶつ切りが入った赤いスープ。おおぶりのパンが二つ。サラダ。

飲み物は果実水で、デザートまである。

適当に頼んだが、二人ではちょっと多すぎる量だ。

リースと互《たが》いに顔をあわせて微《び》苦笑してしまう。

「とりあえず食べようか」

「ですね」

オレ達は、好きに手を伸《の》ばす。

先程《さきほど》のリースの要望に叶《かな》いそうな非致死性兵器《NLW》の話や他たわいない話をしながら、オレ達は楽しく食事を摂《と》った。

▼

「メイヤ！」

「リュートの！」

「『武器製造バンザイ！』」

リースとデートした翌日、早速彼女の要望に叶いそうな武器開発に取り組む。

愛する妻が望む物を作り出し、少しでも自信を取り戻《もど》して欲しいのと、個人的にも開発しておきたかったからだ。

「ところでリュート様、今回は一体どんな物をお作りになるのですか？」

「今回作るのはリースに頼まれた対ララ用の非致死性兵器《NLW》だ」

オレは昨日の顚末《てんまつ》をメイヤへ話し聞かせる。

彼女は頰に手を当て溜息《ためいき》を漏《も》らす。

「なるほど……リースさんも大変ですわよね。わたくし、半魔物街《ハーフ・モンスター》から出た後ずっと元気の無いリースさんが心配でしたの。今回の非致死性兵器《NLW》で少しでも元気づけられるなら頑張《がんば》ってお手伝いしますわ」

「…………」

メイヤはリースのためにやる気に満ちた瞳で両手を握《にぎ》り締《し》める。その姿は友人を気遣《きづか》う美しいものだった。

なのにメイヤが変なことを言わずまともなことを口にすると、物足りない気分になるのはオレだけだろうか？

「？　どうかなさいましたか、リュート様？」

「い、いや、なんでもないよ！　それじゃ早速、作業に取り掛《か》かろうか！」

「はい！　是非《ぜひ》よろしくお願いしますわ！」

オレの態度にメイヤは首を捻《ひね》っていたが、新しい武器開発宣言をするとすぐに興味が逸《そ》れる。

「まず最初に作るのは『戦闘用《コンバット》ショットガン』だ」

「戦闘用《コンバット》ショットガンですか？　リースさんのために非致死性《ひちしせい》の武器をお作りになるはずなのにショットガンですの？」

「ちゃんとこれには理由があるんだ。まず『ショットガンとはなにか？』をお浚《さら》いしよう」

ショットガン――日本語で言うと『散弾銃《ショットガン》』は、鳥を撃《う》つために開発されたものだ。

『水平二連中折れ式《サイド・バイ・サイド》』と呼ばれるショットガンが開発される。これは銃身《バレル》が二本横に並んでいるショットガンで、二発撃《う》ったら弾《たま》切れになる。

そして時が経《た》ち、第一次世界大戦時、機関銃《マシンガン》の登場で敵陣《てきじん》に近付くことが難しくなる。

兵士達はなんとか接近しようと夜襲《やしゅう》をかけたり、壕《ごう》を掘《ほ》ったりして接近戦に持ち込んで戦うことが多くなった。

これが『塹壕戦《ざんごうせん》』である。

塹壕戦を経験し、ドイツ軍は短機関銃《サブマシンガン》を開発。

一方、アメリカ軍は長年愛用し、使い慣れたショットガンを塹壕戦に投入した。

アメリカ軍はポンプ・アクション式のショットガンを開発し、塹壕戦に投入することで大きな成果を上げたのだ。

こうしてポンプ・アクション式のショットガンは『塹壕《トレンチ》ガン』と呼ばれるようになる。

さらにアメリカ軍はショットガンを軍隊に正式採用し、軍隊だけに留《とど》まらず警察や暴動鎮圧《ちんあつ》などにも幅広《はばひろ》く使用するようになった。

「すでに作ってあるソードオフ《sawed off》やストライカー一二を使って分かるように非致死性《NLW》兵器とショットガンの相性《あいしょう》はとてもいい。装弾《ショットシェル》は弾薬《カートリッジ》に比べて大きいので中に色々入れることができるから、多種多様な種類のモノを作ることができるんだ」

現在手元にあるだけでビーンバッグ弾《だん》や煙幕弾《えんまくだん》、照明弾《しょうめいだん》など複数の非致死性装弾を所持している。

「リュート様の仰《おっしゃ》る通りショットガンと非致死性《NLW》武器との相性はとてもいいですわ。それならばすでにショットガンは『ソードオフ』『ストライカー一二』二つもあるのですから、わざわざ作らなくてもいいのではないですか？」

「メイヤの指摘《してき》は正しいが、今後を考えると『ソードオフ』『ストライカー一二』では力不足になる可能性が非常に高い。だから、『戦闘用《コンバット》ショットガン』を作るんだ」

では改めて『戦闘用《コンバット》ショットガン』とは一体どんなショットガンなのか？

先程、話した塹壕戦で誕生した『塹壕《トレンチ》ガン』や暴動制圧《ライアット・コントロール》などに使用する『ライアットガン』は元々民間用のショットガンをベースにして作られている。

一方、『戦闘用《コンバット》ショットガン』は初めから戦闘というコンセプトの元、作られたショットガンなのだ。

状況《じょうきょう》に応じて多様な装弾が使用可能という利点を残しつつ、突撃銃《アサルトライフル》のような弾倉《だんそう》によって素早い弾薬交換《カートリッジこうかん》をできるようにするのが目的である。

「『ソードオフ』は二発しか装填《そうてん》できず、『ストライカー一二』は一二発装填できるが、発砲《はっぽう》後に一発ずつ空になった装弾《ショットシェル》を取り出し、再びシリンダーに込め直さないといけない。けど、戦闘用《コンバット》ショットガンなら突撃銃《アサルトライフル》と同じで素速い弾倉交換《だんそうこうかん》が可能になる」

突撃銃《アサルトライフル》のように弾倉を交換《こうかん》できるなら、非致死性装弾や特殊装弾など切り替《か》えが圧倒《あっとう》的に速くなる。

弾倉に入れられる装弾《ショットシェル》数は最大七発とストライカー一二の一二発に比べて少ないが、装弾《ショットシェル》の再装填は圧倒的に戦闘用《コンバット》ショットガンの方が速い。

今回作るのは、イズマッシュ社がAKシリーズを基《もと》にして製作したセミオートショットガン『SAIGA一二K』だ。

スペックは以下の通りになる。

ＳＡＩＧＡ一二Ｋ
使用弾薬：一二ゲージ
全長：九一〇ｍｍ
重量：三・五ｋｇ
銃身長：四三〇ｍｍ

銃身《バレル》長が四三〇ｍｍと多くの国の民間用では非合法とされる短さだが、異世界なので関係ない。

それにＳＡＩＧＡは、ＡＫシリーズをベースに作り出されているため、今のオレ達には最も作りやすい戦闘用《コンバット》ショットガンである。

以上のことを、メイヤに聞かせられない部分を省いて説明した。

「なるほど！　今度の武器はただ敵を倒すだけではなく、殺傷・非致死性弾倉の素速《すばや》い切り替え、再装塡の短縮を可能にしているのですね！　さすがリュート様ですわ！　この柔《じゅう》軟《なん》な発想！　神のような閃《ひらめ》きこそ天才が天才たるゆえんなのですね！」

メイヤは大きな瞳をきらきらと輝《かがや》かせ詰《つ》め寄ってくる。

彼女らしい称賛《しょうさん》の声を浴び、オレは笑顔《えがお》で頷《うなず》く。

「それでは早速《さっそく》、製作いたしましょう！　まずは何からお作りしましょうか！」

「ちょっと待ってくれ。実は他《ほか》にも作っておきたい物があるんだ」

「なんと！　戦闘用《コンバット》ショットガン以外にもですか！」

軽く一度咳払《せきばら》いをして、メイヤが詰め寄ってきた分だけ下がり距離《きょり》を作り直してから説明をする。

「もう一つはララを捕《つか》まえるための新しい装弾《ショットシェル》を作ろうと思っている」

「ララさんをですか……。つまり新しい非致死性装弾《ショットシェル》をお作りになるということですわよね。ですがすでにビーンバッグ弾があるのに必要なのでしょうか?」

「その辺についても話をするよ。とりあえず改めてショットガンのように、『非致《N》死性《L》兵器《W》とは?』の説明から始めよう」

「はい、よろしくお願い致《いた》しますわ！」

オレはキラキラ瞳《ひとみ》を光らせるメイヤを前に、改めて『非致《N》死性《L》兵器《W》とは?』の説明を始める。

非致《N》死性《L》兵器《W》とは文字通り『使用しても相手を死なせない兵器』のことである。

軍隊が過激なデモや暴動を起こす一般《いっぱん》市民に対処し死傷者が出た場合、大きな問題になってしまう。

軍隊にとって非戦闘員である一般市民の鎮圧ほど難しいものはないのだ。

そこで開発されたのが、非致死性兵器《NLW》……ノンリーサルウェポン《NLW》である。

非致死性兵器《NLW》は、多額の予算を掛け様々な兵器を開発し続けているアメリカだけではなく、各国で研究・開発が進められている分野でもある。

非致死性兵器《NLW》は、二一世紀において成長率二桁《ふたけた》もある現在最も注目されている成長市場の一つなのだ。

そんな非致死性兵器《NLW》には対象によっていくつかにカテゴリ分けされているが、一般的に思い浮《う》かべられるのは対人兵器だろう（対車両兵器としては、自爆《じばく》テロを起こそうとする車両を止める装置などもあるらしいが）。

オレ達が今まで作った対人用の非致死性兵器《NLW》は、特殊音響閃光弾《スタングレネード》やビーンバッグ弾等がある。

前世、地球では他にも面白《おもしろ》い非致死性兵器《NLW》が存在する。

たとえば無線操作で動くドローンに非致死性兵器《NLW》を複数装備させて、相手を襲《おそ》うという物もある。ドローンには様々な非致死性兵器《NLW》が装備されていて、逃《に》げても逃げても追いかけてくるのだ。

また地面にローションのように滑《すべ》る液体を撒《ま》き車をスリップ、敵対者は立てずに転ばせたりする物もある。

こういった面白い非致死性兵器《NLW》の他にも、画期的なのも多い。

代表的なのはアクィブ《A》・ディナイアル《D》・システム《S》が有名だろう。

簡単に原理を説明すると電磁波（ミリ波の周波数、九五Ｇｈｚ）を人体に照射して皮膚《ひふ》温度をある程度の高温（ただし細胞《さいぼう》に損傷を与《あた》えない程度）まで熱するのだ。

つまり電子レンジの原理で敵の皮膚温度を上げ、痛みを与えるのである。

このＡＤＳを向けられると、火傷《やけど》はしないが熱くて痛くて、屈強《くっきょう》な兵士達でも逃げ出すレベルだとか。

このＡＤＳは実際にアフガニスタンで投入されている。

他にもレーザー光や音などを使用する非致死性兵器《NLW》がある。

しかし、これらの非致死性兵器《NLW》を作る技術力は無いが、この異世界でも開発できそうな物に心当たりがあった。

『テーザー銃《じゅう》』（ちなみにテーザー銃はテーザー社より発売されているものになる）と呼ばれる非致死性兵器《NLW》だ。

早い話がスタンガンである。

銃の形をしたスタンガンで、引鉄《トリガー》を絞《しぼ》ると電極が付いた二本のワイヤーが伸《の》びて、目標に命中すると数万ボルトの電流が流れ相手を無力化するのだ。

射程は約五~七mとあまり長くない。

そのため今回はワイヤレスタイプを製造するつもりだ。

ワイヤレス（電線を使わないこと）という言葉通り、通常は先ほど説明したように二本のワイヤーが伸びて相手に命中すると電流が流れるが、これでは射程が短いのと、一回発砲したらお終《しま》いだ。

ワイヤレスタイプは装弾内部に電源、電流、導線と針が一緒《いっしょ》に入っている。

目標に当たると、針が刺《さ》さり導線を通って電流を相手に流すという仕組みだ。

ワイヤレスタイプのため、射程距離はワイヤータイプに比べて数倍伸びる。

今回開発にあたって、電源の代わりに雷《かみなり》の魔力《まりょく》を溜《た》めた魔石《ませき》を使用する予定だ。

そのため通常のテーザーワイヤレスタイプ（TASER XREPという名前だ）より、一発当たりのコストが高くなる。

愛する妻、リースが望むならこの程度の出費は問題ない。実際、コストがかかると言ってもあくまで他弾薬《カートリッジ》に比べたらの話である。

目くじらを立てるほどではない。

「なるほどワイヤレス……つまりワイヤーを使わず、装弾内部に雷《いかずち》が流れる仕組みを作って発砲。着弾《ちゃくだん》した際に雷が流れて相手を昏倒《こんとう》、または痺《しび》れさせ動きを止めるのですわね！　雷の魔石を使えば装弾内部に仕組みを収めるのはそう難しいことではありませんが、問題は威力《いりょく》ですわね」

魔石が小粒《こつぶ》になり、流れる雷の量が大幅《おおはば》に減る。

メイヤの指摘通り、前世地球のワイヤレスタイプも弾丸《ブレット》のように飛翔《ひしょう》する弾《たま》の中に電源を入れなければいけないため、電力は小さくなってしまった。

ワイヤータイプの場合は、数万ボルトの高圧電流が流れるため成人男性でも身動きが取れなくなる。子供やお年寄り、体が弱い相手、健康な男性でも心臓が止まる場合があるため使用の際は注意が必要だが。

とはいえ、ワイヤレスタイプでも相手に当たれば数十秒間行動を阻害《そがい》することができる。

「メイヤの心配は分かるが一応威力的には問題ないと思う。それにSAIGA─12Kを製作すれば、数十秒間動きを止めている間に弾倉をビーンバッグ弾《だん》に変えてノックアウトしてもいいわけだしね」

リースからララが肉体強化術で体を補助し、ビーンバッグ弾を素手でつかみ取ったと聞いた。

その対策のためのワイヤレス装弾だ。

「さすがリュート様！　いつもながら素晴らしい魔術道具ですわ！　わたくしあまりの素晴らしさに心も体も痺れてしまいましたわ！」

メイヤは『上手《うま》いこと言いましたわ！』という得意気な顔をしてくる。

彼女はキラキラと表情を輝かせて反応して欲しそうな雰囲気《ふんいき》を出しているが、無視することにした。

これに反応したら負けたような気がするからだ。

オレは軽く咳払いをして、ワイヤレス装弾の方針を定める。

「でも一応、ワイヤレス装弾を作る際は、なるべく威力を上げるよう研究もしておこう。研究はしておいて損はないしね」

「了解《りょうかい》しましたわ！」

メイヤの台詞《せりふ》をスルーしたが、残念がることもなく元気よく返事をする。

オレ達はまず『SAIGA一二K』の製作に着手することにした。

第六章　筋肉と女心

港街ハイディングスフェルトに入って一〇日ほど経《た》った。

今日、オレは泊《と》まっている宿の中庭で上半身裸《はだか》、ズボンという姿で立っている。

隣《となり》に立つ旦那《だんな》様が嬉《うれ》しそうに声をあげた。

「はははははっは！　リュート！　それでは早速、始めようか！」

「は、はい、旦那様、あのできればなるべくお手柔《てやわ》らかにお願いします」

「はははっは！　それは少々難しいな！」

旦那様にいい笑顔で却下《きゃっか》される。

「ではまず足の筋肉から鍛《きた》えるとしよう！　遠慮《えんりょ》無く好きな像を手に取るがいい！」

オレの目の前に並べられた像、アスーラが眠《ねむ》っていた地下で旦那様が筋トレに使っていた物だ。旦那様は思い入れがあったため、リースの無限収納に入れて持ってきたのだ。

オレは一番小さな像を選ぶ。

旦那様は逆に一番大きな像を選んだ。

なぜ旦那様と一緒に筋トレをしているかというと……話は昨夜、食後の団欒《だんらん》に戻《もど》る。

「旦那様の夢ですか？」

食後、旦那様が宿泊《しゅくはく》しているスイートルーム（魔物《モンスター》を退治して素材を換金《かんきん》して自分で支《し》払《はら》っている）の居間で旦那様、オレ、クリスが家族水入らずに談笑《だんしょう》していた。

たまには義父と一緒にという周りからの気遣《きづか》いだ。

シアはなぜか給仕としていつの間にか存在し、香茶《かおりちゃ》のお代わりを旦那様に注《そそ》いでいる。

旦那様も使用人に傅《かしず》かれる生活には慣れているため、戸惑《とまど》いもせず堂に入った態度で応対していた。旦那様が話題の流れから、自身の夢を語り出す。

「実は息子ができたら、一緒に筋肉を鍛えるのが夢だったのだ」

旦那様は手をあげ、甘い菓子《かし》をシアに持ってこさせる。

彼女はまるで長年勤めたメイド、それこそブラッド家のメイド長メルセさんのように、滑《なめ》らかな動きで旦那様の指示に従う。

なんでこの二人はそこまで自然な態度をとれるんだ？

オレの知らないところで打ち合わせでもしたのだろうか？

旦那様は甘い菓子を摘《つま》み、香茶を飲み語り出す。

「我輩《わがはい》達の滞在費《たいざいひ》、飛行船代などを稼《かせ》ぐためこの街に来てからギギと二人、魔物退治をやって資金は十分貯《た》まった。お陰《かげ》で暇《ひま》ができてしまってな」

資金があっても移動に必要な飛行船が全《すべ》て借り出されているため、オレ達は街で足止めを食っていた。

当分、移動できないことを知ると旦那様とギギさんは、自分達と元女魔王《まおう》アスーラの生活費や魔人《まじん》大陸に帰るための旅費を稼ぐため街の外へ出て魔物狩《が》りをしていたのだ。

その弊害《へいがい》か、二人が狩《か》りまくったせいでハイディングスフェルト周辺から魔物の姿がなくなったらしい。どんだけ乱獲《らんかく》したんだよ。

「移動する手段が無い以上、慌《あわ》ててもしかたないからな！　むしろリュートという義理息子ができたのだから、これを機に我輩の夢を叶《かな》えたくてな。暇な時間があるなら付き合ってくれないだろうか？」

オレより先にクリスが反応を示す。

『リュートお兄ちゃんが、お父様のようにムキムキになるんですか？』

暫《しばら》く考え込むクリス。

突然《とつぜん》、肩《かた》を摑《つか》み真剣《しんけん》な表情で迫《せま》ってくる。

『リュートお兄ちゃん、お兄ちゃんは今のままで十分素敵《すてき》です！　だからあんまり筋肉をつけるのは止《や》めてください！』

クリスはいったい何を想像したのだろうか。

オレは彼女を安心させるように声をかける。

「どんな想像をしたか分からないけど、いくら頑張《がんば》ったってオレが旦那様のような筋肉をつけるなんて不可能だよ」

クリスを落ち着かせながら、旦那様に向き直る。

「分かりました。明日で良ければ、自分も特に用事はありませんのでお付き合いしますよ」

「そうか、そうか！　なら明日、宿の裏庭を借りて早速《さっそく》筋肉を鍛えようではないか！　はははははははっはは！」

オレの返答に旦那様は心底嬉しそうに声を上げる。

これほど喜んでもらえるなら了承《りょうしょう》した甲斐《かい》があるというものだ。

また相手は嫁《よめ》であるクリスの父。

義父の願いなら無下にはできない。

そして、話は冒頭《ぼうとう》へと戻る。

筋トレするのはいいが、どうして上半身裸にならなければいけないのかが疑問だ。

オレは旦那様の指示に従い一番小さな像を担《かつ》ぐ。

「さぁリュート！　存分に筋肉を震《ふる》わせるぞ！」

「はい、旦那様！」

旦那様の掛《か》け声で、スクワットを一緒に開始する。

「一！　二！　三！　四！　五！」

オレは声を出し、膝《ひざ》を曲げて伸ばすのを繰《く》り返す。

旦那様もオレの掛け声に合わせて、同じペースでスクワットをする。

「どうだ！　リュート！　筋肉が震えてきたか！」

「は、はい！　震えてきました！」

「そうか！　そうか！　はははははっははははっはは！　それではもっと震わせていくぞ！」

こんな調子で旦那様と筋トレが続く。

最初は余裕《よゆう》があったから、このように受け答えしながら体を動かすことができたのだが。

「どうした、リュート！　動きが止まっているぞ！」

「は、はい！　す、すみません！」

息を切らしながら、スクワットを繰り返す。

オレだって現役《げんえき》の軍団《レギオン》団長だ。体力&技術維持《いじ》のため筋トレもするし、ランニングや射《しゃ》撃《げき》、格闘《かくとう》、他戦闘技能訓練を継続《けいぞく》しておこなっている。

体力には自信があったが、旦那様の筋トレは想像以上に過酷《かこく》だった。

最初のスクワットを始めてしばらく経つが、未《いま》だに終わらせようとしないのだ。

むしろ、旦那様はウォーミングアップがようやく終わったと言いたげに、速度を上げる。

「はははっはははは！　リュート！　やはり筋肉を鍛えるのは最高だな！」

「は、は、はい。さ、最高です」

オレは息も絶え絶えになりながらも、なんとか返答する。

体からは汗《あせ》が滝《たき》のように流れ出ているが、反対に旦那様は一滴《ひとしずく》の汗も垂らさずさらに速度を加速させる。本当にこの人は怪物《かいぶつ》だ！

どれぐらい経っただろう……。

ようやく旦那様が終了《しゅうりょう》の声をあげる。

背負っていた石像を地面に下ろすと、オレは膝に手を付いて息を切らす。

（まさか最初のスクワットだけでこれほど体力を消耗《しょうもう》するとは……）

正直、旦那様の筋トレを甘く見過ぎていた。

迷わず了承した昨日の自分を殴《なぐ》ってやりたい。

オレの後悔《こうかい》とは正反対に旦那様は喜々として、次の訓練メニューに移ろうとしている。

「さぁリュート！　軽く体もほぐしたところで次は腹筋にいくぞ！　腹筋が終わったら、次は背筋《はいきん》、胸筋、腕《うで》、肩などの筋肉も満遍《まんべん》なく鍛えていくぞ！　まったく義理息子と一緒《いっしょ》に筋肉を鍛えるのは最高だな！　あははっはははっはっははは！」

旦那様はいつもより楽しげに笑い声をあげる。

逆にオレは旦那様が提示した訓練メニューを前に絶望しか感じなかった。

どうやらオレは今日、命を落とすらしい。

異世界に生まれ変わり、今まで生きてきて一番強く命の危険を感じた。

▼

旦那様と筋トレをした翌日、夜。

オレはギギさんと一緒に宿屋の地下にあるバーカウンターで酒精を飲んでいた。

昨日は旦那様の夢『息子ができたら一緒に筋トレをしたい』を叶えるため、ハードな筋トレを体験する羽目になり、死にそうになる。

それでもクリスの父、オレの義父である旦那様を悲しませないためにも、残りの筋トレメニューを様々な精神的、肉体的な犠牲《ぎせい》を払《はら》い、なんとか根性《こんじょう》でやりきる。

その日は汗だらけの体にもかかわらず入浴も着替《きが》えもせず、ベッドへ気絶するように眠ってしまった。

翌日、全身の骨が折れ、筋肉が千切れたんじゃないかと疑うほどの痛みに襲《おそ》われる。

とりあえずスノーの治癒魔術《ちゆまじゅつ》で全身を癒《いや》してもらった後、嫁達の手を借り風呂、着替えを済ませた。まるで要介護《かいご》の状態である。

治癒魔術のお陰で朝方は辛《つら》かった筋肉痛も大分マシになったが、体は怠《だる》く昼間はずっとベッドで横になった。結果、寝《ね》過ぎたため、夜になっても目が冴《さ》えてしまう。

そんなオレにギギさんが声をかけて、睡眠薬《すいみんやく》代わりに宿屋地下のバーで男二人酒精を飲むことになったのだ。

「リュート、今朝は大変だったらしいな」

「昨日、旦那様と一緒に筋肉を鍛えたせいで全身筋肉痛になっちゃって……。でも、治癒魔術をかけてもらったお陰で今は体がだるい程度で済みましたが」

「そうか」

ギギさんは相づちを打つと濃《こ》い色の酒精、ウィスキーに似た液体を半分ほど飲み込む。

オレは彼の隣でワインにハチミツを入れた酒精を舐《な》めるように飲んでいた。

現在オレ達が宿泊している宿屋は、港街ハイディングスフェルトでも高級な宿屋に分類される。高級宿のため、この世界では珍《めずら》しく、地下にバー施設《しせつ》が存在していた。

広さは学校教室三つほどあり、ほぼ中央にピアノらしき楽器が置かれている。時間、日によって演奏されるようだ。オレ達以外にも宿泊客の男女がテーブルについて酒精とツマミ、会話を楽しんでいた。

オレとギギさんは男二人、カウンター席に並んで座っている。

カウンター越《ご》しに魔人種族《まじんしゅぞく》らしきマスターが無言で仕事をしている。

前世、地球では行ったことがない大人の世界にオレは今居るのだ。

ギギさんが半分ほど残った酒精を飲み干し、同じ物を注文する。

マスターが頷《うなず》き、ボトルを取り出す。

ギギさんは注《そそ》がれる琥珀色《こはくいろ》の酒精を眺《なが》めながら話しかけてくる。

「旦那様《だんなさま》を悪く思わないでくれ。あの方はリュートがクリスお嬢様《じょうさま》と結婚《けっこん》して本当に嬉《うれ》しいんだ。だから、昨日は長年の夢が叶《かな》って加減も忘れてはしゃいだのだ。決して、リュートに悪意があった訳じゃない」

ギギさんが飲みに誘《さそ》ったのは、旦那様のフォローも兼《か》ねてだったらしい。

思わず苦笑しながら、相づちを打つ。

「もちろん、分かってますよ。旦那様に悪意がないことぐらい」

「そうか。ならいいんだ。変なことを言ってすまん」

「いえ。むしろ気を遣《つか》ってくださってありがとうございます」

ギギさんはマスターから新しい酒精を受け取ると、すぐに口をつける。オレは酒だけだと体に悪いからとツマミのジャーキーのような香辛料《こうしんりょう》の利《き》いた干し肉を勧《すす》めた。

ギギさんはその一つを摑み、口に放《ほう》り込む。

考えてみると、こうしてギギさんと一緒に酒精を飲んだことは今までなかったな。

魔人大陸のブラッド家で出会った時まだオレが子供だったのと、ギギさんが旦那様を捜《さが》しに旅立ち、長い期間顔を会わせなかったという理由もあるが。

「……リュート、いい機会だからオマエに話しておきたいことがあるのだが」

ギギさんは口にした干し肉をウィスキーで流し込み切り出す。

「軍団《レギオン》のメイヤ・ドラグーンについてだ」

「メイヤですか？」

ギギさんの口から意外な名前が出た。

オレは思考をめぐらせる。ギギさんとメイヤの接点は薄《うす》い。彼がこの場で名前をあげるほど、二人の関係は深くないはずだ。

もしかしたらメイヤがギギさんに対して何かやらかしたのかもしれない。

（もしそうなら後でしっかり謝らせないと）

オレが内心で考えていると、ギギさんは釘《くぎ》を刺《さ》してくる。

「勘違《かんちが》いして欲しくないのだが、彼女が俺に対して何か不快な言動をしたわけじゃない。そういう類《たぐい》の話ではないんだ」

なら、ギギさんはメイヤについて何を話そうとしているんだ？

オレが続きを待っていると、

「……本来、俺のような部外者が口にするようなことではないのだが、リュートが全く気付いていないようだから忠告しておこうと思ってな」

（忠告とはずいぶん穏《おだ》やかじゃないな……）

ギギさんがメイヤに対して何か思うところがあるらしい。

まさか、彼女がオレ達を裏切る敵対行為《こうい》をしているところでも目撃《もくげき》したのか？

だが、メイヤが裏切ることは一〇〇％ありえないと断言できる。

では、いったいギギさんは彼女についてどんな忠告をしようとしているのだろう？

オレは固唾《かたず》を呑《の》んで彼の言葉を待つ。

ギギさんは言いにくそうに、話を切り出す。

「気付いていないかもしれないが……メイヤ・ドラグーンはリュートに対して好意を抱《いだ》い

ているぞ」

「…………………………………………………………はっ？」

オレの呆《あき》れた声をギギさんは、『メイヤに好意を向けられていることに、自分の指摘《してき》でようやく気付いたのか』と勘違いする。

『やれやれ』と呆れたように首を軽く振《ふ》り、ギギさんが口を開く。

「やはり気付いていなかったか。リュートは昔から女心には鈍《にぶ》かったからな」

『オマエが言うな！』と思わず叫《さけ》びそうになり、口を押さえる。

ギギさんはどこか得意気に語り出す。

「リュートがブラッド家に勤めていた時、クリスお嬢様が好意を抱いていたことにも最後まで気付いていなかったからな。当然といえば当然か。俺が言うのも何だが、リュートはもう少し『女心』というのを勉強した方がいいぞ。組織を運営する上で学んでおいて損はない」

あれほど露骨《ろこつ》に受付嬢《じょう》さんから迫《せま》られていたのに好意に気付かず、皆《みな》の目の前で『友人宣言』をしたギギさんだけには言われたくないです。

彼はオレのツッコミを入れたい表情にも気付かず、饒舌《じょうぜつ》に語り続ける。

「リュートのような若人《わこうど》が、俺のように女心を理解しろというのは難しいかもしれないが……。努力はするべきだ。最初から諦《あきら》めて投げ出してはいつまで経《た》っても身に付かないが、諦めず時間をかけて努力さえすればいつかものになる」

ギギさんは酒精に口をつける。

先程《さきほど》までダンディーだった姿も、彼が『女心』について語るたびギャグにしか見えない。

「リュートにはすでにクリスお嬢様や他《ほか》にも妻が居るが、ちゃんとした態度をメイヤ・ドラグーンにとるんだぞ。後、男として女性に恥《はじ》をかかせるマネだけはするな。女性に恥をかかせると後で酷《ひど》い目にあうからな」

いやいや、もうすでにギギさんは受付嬢さんに対して再起不能なほど恥をかかせたじゃないですか！

正直、呆れを通り越《こ》して、ギギさんが『女心』の話をするたび笑いそうになる。

ギギさんが酒精を飲み干し、こちらに顔を向けてくる。

「難しいとは思うが、リュートならやれる。頑張《がんば》れ」

「ぶふっ！」

「？　どうした？」

「い、いえ、すみません……ちょっと酒精が喉《のど》に入ったみたいで……」

まさか『真剣《しんけん》に女心を語るギギさんが面白《おもしろ》かったから』とは言えない。

「そうか。辛かったら酒精はやめて果実水にするといい」

「は、はい、ありがとうございます。もうダイジョウブデス」

笑いそうになるのを堪《こら》えると声が震《ふる》える。

だが、ギギさんは気付かず心配そうにオレのことを労《いたわ》ってくれた。

「いい機会だ。今夜はオレがリュートに『女心、女性の心の機微《きび》』について教えてやろう」

止《や》めてください。笑いを堪えるのが辛くなりすぎて死んでしまいそうです。

オレの無言の訴《うった》えは、ギギさんが新しい酒精をマスターに注文するため顔をそらしたせいで見逃《みのが》されてしまう。

ギギさんはずっと変わらない表情だったせいで気付かなかったが、もしかしたら酔《よ》っているのかもしれない。バーに来てからずっとウィスキーのような酒精をストレートでがばがば飲んでいた。その可能性は高い。

でなければあのギギさんが『女心』について語り出すなんてありえない。

彼は新しい酒精を手にすると、真剣な顔と表情で語りかけてくる。

それがオレの笑いをさらに刺激《しげき》してきた。

「いいか、リュート……まず『女心』を学ぶ上で大切なのは——」

こうしてギギさんによる『女心とは』講座は、バーが営業終了《しゅうりょう》になる深夜遅《おそ》くまで続いた。オレはその間ずっと必死に笑いを堪え続ける。

オレは旦那様との筋トレとはまた違《ちが》った苦しみを味わうはめになったのだった。

第七章　風船《バルーン・》蛙狩り《フロックが》

「ぐぬ……ッ」

酒精を飲んだ翌日、朝。

ギギさんは自室のベッドから起き上がれないほどの二日酔いになっていた。

『女心とは』と持論を展開してオレに聞かせている最中《さなか》、ツマミも食べずずっとウィスキーのような酒精をロックでパカパカと飲んでいた。

あれだけ飲めば酷い二日酔いにもなる。

クリス曰《いわ》く『リュートお兄ちゃんと酒精が飲めたのがよっぽど嬉しかったんですよ』と言っていた。まるで久しぶりに会った親戚《しんせき》のオジさんのようである。だが、もしそうだとしたらオレ自身、なんだか嬉しい。

水を持っていくと、ギギさんは頭を押さえながら礼を言う。

その日は、昼過ぎまでギギさんは自室から出てくることはなかった。

数日後、オレは訓練も兼ねて街の外へモンスターを狩《か》りに出かけることにした。

今回のメンバーは、

「みんな！　今日は一緒《いっしょ》に頑張ろうね！」

『ノーラちゃんもよろしくお願いします』

「は、はい、クリス様達の足を引っ張らないよう努力したいと思います。はい」

オレ、スノー、クリス、そして元『ノワール』のノーラだ。

今回は名目上、訓練ということになっているが、本当の目的はノーラのクリスに対する苦手意識の克服《こくふく》だ。

ノーラが一時的にPEACEMAKER《ピース・メーカー》に同行して、すでに一ヶ月以上経っている。

なのに馴染《なじ》む気配が一向にない。

クリスへのトラウマもあるが、仲良く話などをする子が居ないのが問題だろう。

一人でも彼女が心を開いて話ができる人物が居れば、それを切っ掛《か》けに他のメンバーとも仲良くなるのはそう難しいことじゃない。

ノワールの下部組織を解散させるまでの付き合いとはいえ、現在は同じ組織に居るのだ。

互《たが》いに距離《きょり》を置くよりも、仲良くした方がいいに決まっている。

オレにはノーラも心を開いているが、シャナルディアを通した歪《ゆが》んだ信頼《しんらい》だ。

ノーラからすればオレは『ノワール』の枠内《わくない》に入ってしまうため、PEACEMAKE《ピース・メーカ》

Rメンバーと仲良くなる玄関口《げんかんぐち》にはなれない。

そのため今回は基本すぐに誰《だれ》とも仲良くなれるスノー。

トラウマ相手ではあるが、歳《とし》が一番近いクリス。

このメンバーで自分達の組織とは関係ない、魔物《モンスター》という敵を倒《たお》す共同作業をおこなうことで一体感を出し、仲良くなろうという計画である。

またクリスへのトラウマも解消できれば一石二鳥だ。

「まず冒険者斡旋組合《ギルド》へ行ってクエストを受注するか」

オレが先を歩き、後ろをスノー、クリス、さらに後をノーラが続く。

スノー、クリスには今回の目的を話している。そのため二人は積極的にノーラへ話しかけるが、彼女の反応はいまいち悪い。たまにオレへ助けを求めるような視線をチラチラと向けてくる。だが、ここで助け船を出したら元の木阿弥《もくあみ》。

ノーラには悪いが、気付かないふりをしよう。

冒険者斡旋組合《ギルド》に入ると、いつも通り数字番号が焼き印された木札を受け取る。番号が呼ばれるまで待つ。五分ほどでオレが持つ木札番号が呼ばれた。

カウンターへと皆で移動する。

「いらっしゃいませ、今日はどのようなご用件でしょうか?」

「!?」

思わず驚《おどろ》きで椅子《いす》に座ったまま器用に後退ってしまう。

オレだけではない。

スノー、クリスも小さな悲鳴を上げてオレの背後に隠《かく》れる。

なぜこれほど怯《おび》えているかというと……今回、オレ達の担当をしてくれたのが、いつもの受付嬢さんだったからだ。

彼女は営業スマイルとは思えない聖母のような微笑《ほほえ》みを浮《う》かべたまま、驚き後退ったオレに対して小首を傾《かし》げる。

「どうかなさいましたか？」

「い、いや、どうって……どうしてアルバータで受付嬢をしている貴女《あなた》がここにいるんですか!?」

「実はハイディングスフェルト冒険者斡旋組合《ギルド》で突然《とつぜん》、欠員が出てしまって、なので急遽《きゅうきょ》臨時で私が応援《おうえん》要員として送られたのです。私はまだこちらに来て日が浅いので異動させやすいというのもあったのでしょう」

彼女はオレの言葉に対して落ち着きをもって応対してくる。

な、なんだこの違和感《いわかん》は……。

最後に見たのは、ギギさんに事実上ふられ絶望していた姿だった。

いつもなら魔王《まおう》すら凌駕《りょうが》する黒いオーラを垂れ流しているはずなのに、今はまるで聖母のような慈愛《じあい》の光を全身から放っている。

逆にそんな状態の受付嬢さんを前にすると、安堵《あんど》するより底知れない恐怖《きょうふ》しか感じない。

受付嬢《じょう》さんがオレの顔色を読んだのか自ら話し出す。

「リュートさんが怯えるのもしかたないですね。昔の私はカップルや恋人《こいびと》、既婚《きこん》者を前にすると可愛《かわい》らしく嫉妬《しっと》しちゃったりしてましたから」

いや、あれは『可愛らしく嫉妬』のレベルを超《こ》えています。

今にも邪神《じゃしん》が降臨するんじゃないかと疑う程の恐怖しか感じませんでしたよ。

オレがツッコミを入れそうになるのをグッと堪えていると、彼女は話を続ける。

「でも、ギギさんに振《ふ》られて気付いたんです。私には一人の男性を幸せにするより、皆《みな》さんの笑顔《えがお》をもらえるこの『受付嬢』という仕事が合ってるって。だから、これからは結婚《けっこん》を諦《あきら》めて、仕事に生きようと決心したんです」

どうやら、ギギさんに振られたのがショック過ぎて受付嬢さんは明後日《あさって》の方角に壊《こわ》れてしまったらしい。

ほ、本人が仕事に生きると言うのであればこちらが止める権利はない。

実際、性格はあれだが、仕事は丁寧《ていねい》で確実、冒険者の実力を見抜《みぬ》きクエストを勧《すす》める技量は実体験で理解している。

とりあえずオレは席に座り直し、改めてクエストの依頼《いらい》をする。

「そうですね。最近はずっとこの周辺に魔物が近付かなくなったせいで、討伐《とうばつ》クエスト系はやる人が激減しちゃって……」

旦那《だんな》様とギギさんが狩りまくったせいですね、分かります。

「でもまた最近、魔物が集まりだしてるみたいですよ。ただどんな魔物が集まっているのかまだ調査中なので、はっきりと分かるまではやらないほうが無難かもしれません」

「大丈夫《だいじょうぶ》です。もし無理そうなら逃《に》げますから」

「なら、特定の魔物を狩るのではなく、調査クエストを受注してはいかがでしょうか？　これなら仮に魔物が居なくても安いですが報賞金は出ますし、リュートさん達レベルの方が受けてくださるなら冒険者斡旋組合《ギルド》としても心強いです」

調査といっても難しい話ではない。向かった先の状況《じょうきょう》がどんな風になっているのか、戻《もど》って来たとき報告してくれればいいらしい。その先で魔物を退治し素材を持ち込めばもちろん買い取ってくれるとのことだ。

あまり冒険者レベルが低い者が向かった場合、レベル以上の魔物と対峙《たいじ》する可能性がある。そうなったらほぼ死亡は確定。

だから、ある程度冒険者レベルの高い者がやってくれたほうが冒険者斡旋組合《ギルド》側も安心するらしい。

今回の目的はお金目当てではないため、このクエストを受けても問題ないだろう。

「分かりました。では、受けさせていただきます」

「ありがとうございます。それでは皆さんのタグをお貸しください」

オレ、スノー、クリスが受付嬢さんにタグを渡《わた》す。

ノーラは冒険者登録をしていないらしい。

登録してなくても、一緒に戦うことはできるからいいか。

「後、こちらが過去、周辺に出た魔物の種類と剝《は》ぎ取り部位の一覧表になります。よかったら参考にしてください」

クエストの受注を済ませると、受付嬢さんから紙を渡される。

そこには過去、港街ハイディングスフェルト周辺で確認《かくにん》された魔物の名前、特徴《とくちょう》、注意点、剝ぎ取り部位が簡単ながら書かれていた。

オレ達は冒険者斡旋組合《ギルド》で馬を一人一頭借り、街を出る。

向かう先は街から二時間ほどかかる森の側だ。平野に魔物が居なくても、森の中には居るだろうという目論見《もくろみ》があったからこの場所を選んだ。

馬で移動中、オレとスノーはノーラに色々話しかける。

「ノーラは馬の扱《あつか》いが上手いんだな。誰かに習ったのか？」

「ノーラは魔物使いなのである程度、馬と心を通わせることができるので『乗せてもらう』だけなら難しくないんです。でもララお姉様……いえ、裏切り者のララに手ほどきを受けたんです。いざという時、乗れないとシャナルディアお姉様の命だけではなく、自分自身も守れないからと」

ノーラが馬に乗りながら遠い目をする。

不味《まず》い。最初から地雷《じらい》を踏《ふ》んでしまった。

スノーが視線で、『何してるのリュートくん！』と怒《おこ》っていた。別に狙《ねら》って話題を振った訳じゃないのに……。

空気を変えるために、今度はスノーが話題を振る。

「そ、そういえば前から気になっていたんだけど、ノーラちゃんの服って可愛いよね！自分で作っているの？　それともお店に頼《たの》んで作ってもらったの？」

「全部、自分で縫《ぬ》ってます。お店に頼むと時間とお金がかかりますから。それに自分で縫った方が色々好きにいじれたり、すぐに直せるので便利なんです」

「確かに自分で縫った方が融通《ゆうずう》が利《き》くもんね。でも、わたしはあんまり手先が器用じゃないから服作りは苦手なんだ。手先が器用なノーラちゃんが羨《うらや》ましいよ」

スノーはノーラが着ている服を突破口《とっぱこう》に話題を広げていた。

さすが女の子同士！　こういうネタで話ができる強みがある。

男には到底《とうてい》できないな。

「いえ、ノーラも最初は不器用で、全然縫えずに自分の指を刺《さ》してばっかりでした」

「そうなんだ。ならどうやって今ぐらいまで縫えるようになったの？」

「当時、ララお姉様――ララが付きっきりで教えてくれたんです。ララは元お姫《ひめ》様なのに裁縫《さいほう》だけじゃなく教え方も上手で。彼女に教えられながら一着練習で縫ったら、すぐに上達しました」

ララとの思い出が過《よ》ぎり、再びノーラが遠い目をする。

オレ同様、スノーもどうやら地雷を踏んだらしい。

ノーラ達はララと長い付き合いで、ずっと敬愛していた。

シャナルディアを傷つけ、裏切ったからといってすぐに憎《にく》める訳ではない。憎むには苦楽をともにし過ぎている。

そのためどんな話題を振っても、裏切ったララへと辿《たど》り着いてしまうのだ。

これは想像以上にノーラと仲良くなるのは難しいのかもしれない。

『……』

話題で盛り上がるどころか、気まずい空気が流れる。

いまいち盛り上がらず、以後も無難な受け答えをしていると、気付けば目的地に着いてしまう。これから戦う魔物退治で、帰り道の話題を作れればいいのだが……。

馬から下りて、近くの岩場に手綱《たづな》を固定する。

オレとスノーはＡＫ四七を、クリスがＶＳＳ。ノーラは攻撃魔術《こうげきまじゅつ》を使うため手ぶらだ。

「……受付嬢さんの話し通り、魔物一匹《いっぴき》いないな」

『前はハンヴィー《HUMVEE》で走っているだけで集まって来たんですが。まったく、お父様とギギさんはやりすぎですよ』

娘《むすめ》であるクリスが父と部下の所業にプンプンと頬《ほお》を膨《ふく》らませる。別に怒っている訳ではない。

場を和《なご》ませるためのポーズだ。

「リュートくん、どうする？　このまま何もせず帰るの？」

「いや、森の側《そば》をしばらく移動してみよう。オレ達の匂《にお》いや気配に釣《つ》られて、隠れている魔物が姿を現すかもしれないから」

『なら馬さんに乗り直して行きましょうか？』

クリスのミニ黒板を見て、オレとスノーは同意の声をあげた。

ノーラはおずおずと手をあげる。

「あ、あの、でしたら近くに魔物が居るかどうか探《さぐ》ってみましょうか？」

「そんなことができるのか？」

「はい。リュート様にはすでにお伝えしていますがノーラの体質……特異魔術は『魔物が魔力《まりよく》に反応して集まって来る』です。その体質を利用すれば周囲に魔物が居るかどうか確認することができるんです」

魔王の洞窟《どうくつ》でそんなことを聞かされた。

魔力に反応する云々《うんぬん》も難しいことはなく、ただ体内で魔力を循環《じゆんかん》するだけで魔物が反応して近付いてくる。ノーラ自身、なぜ魔力を循環するだけで魔物が近付いてくるか分かっていないらしい。

厄介《やつかい》な体質だが、使い方次第《しだい》では有用にもなる。

実際、ノーラはこの体質を利用して魔物を使役《しえき》するのだとか。

とりあえず早速《さつそく》、周囲に魔物がいないか確認してもらう。

ノーラは目を閉じて、体内で魔力を循環させる。オレ達は念のため奇襲《きしゆう》に備えて周囲を警戒《けいかい》しておく。

「ゲコ」

暫《しばら》くすると森から魔物が姿を現した。

『ゲコ』『ゲコ』『ゲコ』と鳴きながら大きな蛙《かえる》形の魔物が群れで出てくる。

大きさは成人男性ほどで、色はグリーン。体格に似合わず意外と素早《すばや》く、かなりの跳躍《ちょうやく》力があるようだ。

ゲコゲコゲコと一〇〇匹《ぴき》近く居る。

受付嬢さんから渡された魔物一覧で確認すると、特徴から『風船蛙《バルーン・フロック》』と呼ばれる魔物だと分かった。

街周辺に出る魔物としてはほぼ最弱。

恐《おそ》らく旦那様とギギさんが、街周辺の魔物をあらかた倒《たお》したせいで風船蛙《バルーン・フロック》が数を増やしたのだろう。

注意点は毒を吐《は》くのと、膨らんでいる時は攻撃をしてはいけないらしい。

「『膨らんでいる時、攻撃をすると毒が飛び散るからしてはいけない』だって。毒の種類は……あれ？　書いていない？」

渡された魔物一覧を再度確認するが、毒の種類が書いていなかった。

「中途半端《ちゅうとはんぱ》な……。即死《そくし》毒や痺《しび》れ毒とか致命的《ちめいてき》な物だった洒落《しゃれ》にならないだろ」

『ですね。運がいいことに私達は遠距離《えんきょり》攻撃がメインですから、毒を吐きかけられる前に倒せそうですが』

「クリスちゃんの言う通りだよ。それに即死毒とかじゃなければ、魔術師《まじゅつし》のわたしやノーラちゃんが治すから心配しないで。ねぇ、ノーラちゃん！」

「は、はい、頑張《がんば》ります。一命に懸《か》けて頑張ります」

スノーに突然《とつぜん》話を振《ふ》られて、ノーラは『ビクリ』と肩《かた》を震《ふる》わせる。

うち解けるにはまだまだかかりそうだ。

風船蛙《バルーン・フロック》の先頭集団との距離が五〇mを切る。戦闘か逃走《とうそう》か、選択《せんたく》しなければならない。

試《ため》しにＡＫ四七を発砲《はっぽう》すると、銃弾《じゅうだん》が柔《やわ》らかそうな皮膚《ひふ》を突《つ》き破り簡単に風船蛙《バルーン・フロック》を倒してしまう。これならクリスの指摘《してき》通り、毒を吐きかけられる距離まで近付かれる前に倒すことができそうだ。

ちなみに風船蛙《バルーン・フロック》の剝ぎ取り部位は、『毒腺《どくせん》』らしい。

「それじゃ各自、毒に気を付けて遠距離攻撃のみで倒すということで」

スノー、クリス、ノーラが返事をすると、攻撃を開始する。

スノーはオレと同じＡＫ四七で、クリスはＶＳＳ、ノーラは土の初級攻撃魔術で風船蛙《バルーン・フロツク》を倒していく。

数の多さには注意すべきだが敵は大きく、遠距離攻撃手段が無い。翻《ひるがえ》ってこちらは遠距離から一方的に攻撃できる。

完全なワンサイドゲームだ。

特に苦労することなくサクサクと倒していくが、誰《だれ》かの銃弾が風船蛙《バルーン・フロック》を貫通《かんつう》。やぶれかぶれで毒を吐き出そうと膨らんでいた風船蛙《バルーン・フロック》にヒットしてしまう。

瞬間《しゅんかん》、風船蛙《バルーン・フロック》が名前の通り膨らんだ風船を針で刺したように粉々に弾《はじ》け飛ぶ。それだけならまだいい。さらに鼻を突く悪臭《あくしゅう》が襲《おそ》ってくる。

一番初めに反応したのはスノーだ。

「くっさぁい！　リュートくん、これ臭《くさ》すぎるよ！」

彼女はＡＫ四七から両手を離《はな》し、スリングだけぶら下げる。

その両手は鼻を押さえ、大きく後ろに後退った。

人であるオレですら目に涙《なみだ》を浮《う》かべるほど臭い。

獣人種族《じゅうじんしゅぞく》で、白狼族《はくろうぞく》のスノーはたまったものではないだろう。

クリスとノーラも、スノーほどではないが鼻を押さえ後退っていた。風船蛙《バルーン・フロック》達はチャンスと判断したのか、ゲコゲコと突撃《とつげき》してくる。

「ッゥ！　こ、この！」

オレは左手で鼻を押さえて、右手だけでAK四七を風船蛙《バルーン・フロック》達へと向け発砲！

一番近い順から撃《う》ち抜《ぬ》いていくが、あまりの臭さに腕《うで》の肉体強化術の集束が甘くなり、膨らんでいた風船蛙《バルーン・フロック》まで撃ち抜いてしまう。

当然、破裂《はれつ》。

「おえぇぇぇぇぇ！」

「にゃににゃってるにょ！　にゅーにょにゅん！」

スノーは両手で鼻と口を押さえた変声で、『ノワール』と敵対した時以上の怒《いか》りを表す。

オレ自身も臭いに耐《た》えきれず吐きそうになる。

クリスも『何をやっているのですか！　リュートお兄ちゃんは！』とミニ黒板で抗議《こうぎ》し、ノーラも視界の端《はし》で『ぐえぇぇ！』とえずいていた。

膨らんだ風船蛙《バルーン・フロック》を攻撃してはいけない理由がこれか！

これは確かに毒と同じように注意する点だ！

「もう無理だよぉ！」

この場で一番鼻の利くスノーは、悪臭に耐えかねすでに後方へと全力で退避《たいひ》。

オレ達も倒した風船蛙《バルーン・フロック》の回収を諦《あきら》めて、全力でその場から逃《に》げ出した。

逃げる際、馬に乗り走ったせいで、悪臭＋乗り物酔《よ》いコンボにオレは途中《とちゅう》で吐いてしまう。スノー、クリス、ノーラ、女性陣《じん》は髪《かみ》や衣服などに風船蛙《バルーン・フロック》の臭《にお》いが付いたと滅茶苦《めちゃく》茶《ちゃ》落ち込んでいた。

まだ帰る予定時刻まで大分あったが、オレ達は体についた悪臭に耐えきれず街へと戻《もど》ることを決意する。

魔物退治で一体感を持つはずが、帰り道では誰一人口を開かないお通夜《つや》モードで帰還《きかん》することになってしまった。

こうして、オレが計画した『ノーラ、PEACEMAKER《ピース・メーカー》に溶《と》け込む企画《きかく》』は失敗に終わってしまう。

街に戻ると、馬を返すために冒険者斡旋組合《ギルド》へと戻った。

オレが室内に入ると、冒険者《ぼうけんしゃ》達や社員達が鼻を押さえて距離を取り出す。中にはそのまま建物外へ出る奴《やつ》すらいた。

分かっているよ。

体中に『風船蛙《バルーン・フロック》』の臭いが染《し》みついて臭《くさ》いことぐらい。

そんな中、受付嬢《じょう》さんは笑顔《えがお》で応対してくれる。

その姿はまるで本物の聖母で、あまりの眩《まぶ》しさに間違《まちが》って惚《ほ》れそうになった。

いかん、いかん、ちょっと優《やさ》しくされたからって靡《なび》くなんてどこのちょろいヒロインだ。

惚れたとしても、あの受付嬢さんだけは無い。

手を出したら、一生涯《いっしょうがい》全部持って行かれてしまう。

オレは心を強く持ちながら、受付嬢さんに向かった先の状況《じょうきょう》を報告。

「風船蛙《バルーン・フロック》が出たんですか？」

「はい、恐らく天敵となる魔物達がいなくなったせいで繁殖《はんしょく》したみたいです……」

「風船蛙《バルーン・フロック》は魔物《モンスター》大陸の魔物としては強くないんですが、毒が意外と厄介なんですよね。その点を他《ほか》の冒険者さん達にはお伝えするようにした方がいいかもですね」

「魔物一覧表にも書かれていませんでしたが、どんな種類の『毒』なんですか？」

「？　実際にリュートさん達は『毒』を浴びているじゃないですか？」

受付嬢さんの返答に首を傾《かし》げ……答えに気付く。

「もしかしてこの臭いが毒なんですか!?」

「はい。風船蛙《バルーン・フロック》の吐き出す毒は魔物も近付かなくなるぐらい臭いんです。臭いだけで体に害はありませんが。なので魔物避《よ》けなどに使われたりするんですよ」

毒の種類が魔物一覧表に書いていない理由がようやく分かる。臭いだけで体に影響《えいきょう》がなければ書かなくても問題ないとの判断だろう。

できれば書いておいて欲しかった……。

下手《へた》な毒より、質《たち》が悪い。

魔物一覧表を返して、報酬《ほうしゅう》を受け取る。

一応、風船蛙《バルーン・フロック》の毒腺は非致死性兵器《NLW》に利用できそうなため、数を集めてもらうようクエストを出す。自分で集める気にはならない。せめてもの報《むく》いとして達成金額はやや高めに設定しておいた。

冒険者斡旋組合《ギルド》を出て宿へ向かう。

一階ロビーでオレ達の帰りをギギさんが待っていた――が、

「グッ⁉」

ギギさんはオレ達の臭いに気付くと、短い悲鳴を上げ鼻を押さえて距離を取る。

そして逃げるように自室へと戻ってしまった。

普段《ふだん》、クリスを猫《ねこ》かわいがりしているギギさんがだ。

今のオレ達はどれぐらい臭いんだよ！

とにかく、部屋に戻ってすぐさま体を洗い流す。

服も宿に頼《たの》んで洗濯《せんたく》に出したが、あまりの臭さに特別料金を取られてしまった。

まさに踏《ふ》んだり蹴《け》ったりとはこのことである。

▼

結局、前回のクエストでスノー&クリスは、ノーラとの距離を縮めることはできなかった。

宿屋のカフェスペースで香茶《かおりちゃ》を飲みながら思案する。

「さて、どうしたもんか……」

彼女達が悪いのではない。ただ運が悪かっただけだ。

今は香茶を飲みながら、次の作戦を考え中なのだが、なかなか良い案が浮かばない。

少々、考えすぎて行き詰《づ》まっている。

「あら、リュート様。難しいお顔をしてどうかなさったのですか？」

そんな思案中のオレに、通りかかったメイヤが声をかけてくる。

彼女は正面の席に座ると、ウェイターに香茶を注文する。

メイヤの注文品が届くまでの間に、悩《なや》んでいた内容を話して聞かせた。

彼女はウェイターに香茶のお礼を告げてから、柔らかな微笑《ほほえ》みを浮かべる。

「なるほど、それで先程《さきほど》からずっとお悩みになっていたのですね」

「そうなんだよ。メイヤ、何か良い案はないか？」

「でしたらこのリュート様の一番弟子《でし》にして、右腕《みぎうで》、腹心、次期正妻候補筆頭のメイヤ・ガンスミス（仮。もうすぐこの『仮』は外れますけどね！）のわたくしにお任せくださ い！ リュート様がお望みなら、ノーラさんと一時間ほどでこのわたくしが仲良くなってみせますわ！」

メイヤの自称《じしょう》に色々増えているのが気になったが、彼女の『一時間で仲良くなる』に興味を惹《ひ》かれる。

「一時間って……随分《ずいぶん》、自信があるんだな」

「むしろ、リュート様は天才的頭脳故《ゆえ》に難しく考えすぎなのですわ。年頃《としごろ》の女の子同士が仲良くなるなんて、リュート様がお考えになるほど難しくないんですのよ」

メイヤは優雅《ゆうが》に香茶に口を付けながら告げる。

彼女の言動はアレだが、年頃の女性だ。

男性の自分より、その辺の機微《きび》を良く理解しているのだろう。

「だったら、メイヤにノーラのこと任せてもいいか？」

「ええ、わたくしでよければ喜んで！」

「助かるよ！　それじゃ早速《さっそく》、ノーラを呼んでくるよ」

オレは一度カフェスペースから出て、自室に一人で居るノーラを呼びに行く。

一〇分ほどで再びメイヤの待つカフェスペースに戻ってくる。

ノーラはオレの後ろで、相変わらず借りてきた猫のように落ち着かなく立っていた。

そんな彼女にメイヤが笑顔で声をかける。

「お忙《いそが》しいところお呼びだてして申し訳ありません。どうしても、わたくしがノーラさんとお話がしたくてリュート様にお願いをしたのです」

「い、いえ、ノーラも別にやることなくて暇《ひま》でしたから……」

彼女はきょときょと視線を動かし、メイヤへと返答する。

う～ん、メイヤを疑うわけではないが、本当にこんな状態のノーラと一時間過ごしただけで仲良くなれるのだろうか？

メイヤが笑顔でノーラへとうながす。

「さっ、いつまでも立っているのもなんですから、どうぞお座りくださいな。ここのカフェのクッキーはなかなか美味《びみ》なんですよ」

「あっ、あ、あの、お気遣《きづか》いありがとうございます」

ノーラはオレとメイヤを見比べる。

オレが座るようにうながすと、大人しくメイヤの正面へと座った。

メイヤはノーラの香茶とクッキーを勝手に注文する。

「オレはちょっと用事があるから席を外すよ。少ししたら戻ってくるから、それまでメイヤの相手を頼む」

「えっ⁉　は、は、はい。頑張《がんば》ります……」

オレのセリフを聞いて、最初『お茶を飲むだけって聞いたのに⁉　一対一で相手をしろなんて聞いてない！』という顔をしたノーラだったが、すぐに従順に従う。

オレは胸中で心配しながらも、メイヤとノーラを二人っきりにするべくカフェスペースを離《はな》れた。


——一時間後。

メイヤとノーラが気まずい空気になっていないか心配しながら、カフェスペースに顔を出すと、

「さすがメイヤお姉様！　ノーラ、ちょー感激です！　尊敬します！」

「あらあら、ノーラさんったら、そんな大したことじゃないのよ」

いったい何が起きた？

に移動。

ノーラが一時間前とはうって変わって、明るい表情でメイヤに話しかけていた。

座っていた席も、最初は正面だったはずなのに、いつのまにか二人はソファースペース

ノーラはメイヤの隣《となり》に座り、キラキラとした瞳《ひとみ》で彼女と会話をしているのだ。

『精神だけが別人と入れ替《か》わったから懐《なつ》いた』と言われても信じるレベルのギャップだ。

いったい二人の間に何があったというんだ!?

「リュート様、どうしたのですか？　そんなところに立たれて」

メイヤがオレに気付くと楽しげな会話を打ち切り、声をかけてくる。

オレがどう返事をすればいいか迷っていると、

「リュート様、用事がお済みでしたら、お茶でもいかがですか？」

「あ、うん、そうだな。もらおうかな」

「ノーラさん、リュート様のお茶の注文をお任せしてもいいかしら？」

「はい！　是非《ぜひ》、任せてくださいメイヤお姉様！」

ノーラは嬉々《きき》としてソファーから立ち上がると、運悪く奥へ引っ込んでしまった店員を呼びに行く。

お陰《かげ》でメイヤと二人で話をする時間が取れた。

オレは彼女の正面ソファーに腰《こし》を下ろす。

「メイヤ、いったいどんな魔法《まほう》を使ったんだ？　たった一時間でノーラとあそこまで仲良くなるなんて」

「魔法だなんて大げさですよ。ただわたくしは、ノーラさんにリュート様やスノーさん達と一緒《いっしょ》に体験した冒険譚《ぼうけんたん》を聞かせてあげただけですわ」

彼女の台詞《せりふ》に納得《なっとく》する。

ノーラは元『ノワール』メンバーだ。

シャナルディアの影響で、ケスラン国王の血を引くオレのことを敬っている。

そんなオレ達の冒険譚を聞かせたら、ウケるのは間違《まちが》いない。これは盲点《もうてん》だった。

またこの異世界は娯楽《ごらく》が少ない。

オレ達の冒険譚はノーラにとっては恰好《かっこう》の娯楽になったのだろう。

「盛り上げるために多少の脚色《きゃくしょく》はしましたが……」

メイヤはぼそりと聞き捨てならないことを呟《つぶや》く。

おい、脚色ってなんだよ、脚色って！

オレが問い詰める前に、ノーラが注文を終え戻《もど》ってくる。

彼女は再び、メイヤの隣、ソファーに座った。

「リュート様、メイヤお姉様から聞きました！　メイヤお姉様って本当に凄《すご》い方なんですね！　ノーラ、お話を聞いてちょー憧《あこが》れちゃいました！」

おい、メイヤ、いったい彼女にどんな話をしたんだ。

ノーラが笑顔《えがお》でメイヤから聞いた話を教えてくれた。

「リュート様が魔物に食べられ死んでしまったと信じたスノー様を、偶然妖人《ぐうぜんようじん》大陸の魔術《まじゅつ》師《し》学校に立ち寄ったメイヤお姉様が励《はげ》まして立ち直らせたり！」

うん？

「リュート様とクリス様がメイヤお姉様の下《もと》を訪ねた時に、一目でメイヤお姉様がリュート様の才覚を見抜《みぬ》き、自分を一番弟子にして欲しいとお願いした話とか！」

あれ？

「ノーラが一番ワクワクしたのは、メイヤお姉様が作戦・立案・指揮を執《と》り、クリス様のお母様を悪いヴァンパイア族から救出した話です！　リュート様、スノー様、クリス様を従え、メイヤ様が悪いヴァンパイア族達を千切っては投げ、千切っては投げたところなんて何度聞いても飽《あ》きないぐらい面白《おもしろ》かったです！」

ノーラから出てくる話は、実体験と随分かけ離れている気がするのだが……。

オレはメイヤをジト目で見詰《みつ》めるが、彼女はまったく動揺《どうよう》せず優雅に香茶を口にする。

ノーラはそんなメイヤに、憧れのトップスターに出会った少女のような表情で話しかける。

「メイヤお姉様、もしお暇《ひま》でしたらもっとノーラにお話を聞かせてください！」

「ええ、構いませんわよ。今日の午後、お茶会を開きますからその時でよければ」

「はい！　是非お願いします」

その後、オレはメイヤに話があるからと、ノーラに離席《りせき》してもらう。

彼女は午後のお茶会が楽しみだと再度お礼を告げ、来た時とは正反対に軽い足取りで自室へと戻って行く。

結果だけみるなら、大成功だろう。

どうも釈然《しゃくぜん》としないがメイヤはオレの希望通り、ノーラと仲良くなってくれた。

これで彼女を通して、ノーラが他《ほか》のPEACEMAKER《ピース・メーカー》メンバーと仲良くなるのは時間の問題だろう。

「……ありがとう、メイヤ。ノーラと仲良くなってくれて。話の内容は随分アレだけど」

「いえいえ、わたくしとしても可愛《かわい》い妹分ができて嬉《うれ》しかったですから。お話の内容はノーラさんと仲良くなるため多少のスパイスを利《き》かせただけですわ。許容範囲《はんい》ですわよ」

メイヤは悪びれた様子もなく、胸を張って断言する。

オレは彼女への追及《ついきゅう》を諦《あきら》めた。

「とりあえず結界オーライってことで。改めてありがとうメイヤ。何かお礼がしたいんだが、欲《ほ》しい物とかあるか？」

「えぇ〜お気になさらないでください。わたくし、そんなつもりでノーラさんと仲良くなったわけではありませんから〜」

オレの何気ない台詞に、メイヤの表情が崩《くず》れる。

謙虚《けんきょ》な台詞とは裏腹にクネクネ体を揺《ゆ》らし、左手首を撫《な》で、視線を何度も向ける。

彼女の要求しているブツをすぐに理解した。

結婚《けっこん》腕輪か……。

ココリ街に戻って落ち着いたらと思っていたが、飛行船が全《すべ》て借り出され足止めされているため、現状特にやることがないのだ。

本人が望むならもう作って渡《わた》してもいいのかもしれないな。

「……とりあえず、何かお礼のプレゼントを渡すから、今夜にでもメイヤの部屋に行くよ」

この台詞に、メイヤは先程のノーラとは比べものにならないほど瞳をキラキラと輝《かがや》かせる。

「本当にお気になさらないでください。わたくし、本当にそんなつもりはありませんからっ。本当ですわよ！」

再び、謙虚な台詞を告げるが、口元のニヤケをまったく隠《かく》そうとはしない。

オレはそんな彼女の態度に微苦笑《びくしょう》しながら、断りを入れて先に席を立つ。

メイヤの期待に満ちた熱視線を背中に浴びながら、オレはカフェスペースを出る。

向かう先はリースの所。

結婚腕輪を作るため、彼女から魔術液体金属をもらうためだ。

オレはリースの居そうな場所に思いをめぐらせ、歩調を速めた。

▼

メイヤはリュートと別れると、地下一階のバーへと向かう。

数日前、リュートとギギが飲んでいたバーだ。

本来、夜にしか開いていないバースペースだったが、メイヤが階段を下りると扉《とびら》の前に店員二名が立っており、分厚い防音仕様の扉を開き中へと迎《むか》えてくれる。

メイヤは当然とばかりに、店員に黙礼《もくれい》もせずさっさとバー店内へと足を踏《ふ》み入れた。

バー店内には、音楽を奏《かな》でるスペースがある。

飽きさせないよう日によって演奏される曲目が異なり、音楽を聴《き》きながら客達は談笑を楽しむ。

なぜか今回は昼間にもかかわらず、楽団が揃《そろ》いそれぞれ楽器の調整をしていた。

メイヤはそんな彼、彼女達には目もくれず同じようにステージへ上がる。

まるでメイヤはオーケストラを指揮する指揮者のようだった。

彼女は楽団に背を向け、彼・彼女達が居ないかのように振《ふ》る舞《ま》う。

「……ついに来ましたわ」

彼女は誰《だれ》に聞かせるでもなく呟く。

「ついに来ましたわ！　わたくしの時代が！」

その声はすぐに大きくなった。

「雨にも、雪にも、風にも、嵐《あらし》にも、雷《かみなり》にも負けず、陰《かげ》になり日向《ひなた》になりこっそりとアピールをし続け早数年！　今夜！　ようやくこの世界の歴史上、前にも後ろにも今後出現しない偉《い》大《だい》な魔術道具開発の大天才神である愛《いと》しの！　あぁぁあ！　愛しのリュート様から
ようやく正妻の結婚腕輪を贈《おく》られますわ！」

メイヤは自分の体を抱《だ》き締《し》め、狂《くる》おしく悶《もだ》える。

一方、背後にいる楽団員達が楽器の調整を終え、無表情で合図を待っている。

その対比はなかなか壮絶《そうぜつ》だった。

もしこの様子をリュートが目撃《もくげき》したら、ドン引きするのは確実である。

『やっぱり結婚腕輪を贈るのはなかったということで』と言われかねないレベルだ。

メイヤは気にせず、興奮したまま高らかに叫《さけ》ぶ。

バーが防音仕様で本当によかった。

「あぁ！　今夜が待ちきれませんわ！　もうリュート様への愛しい想《おも》いが溢《あふ》れすぎてこの繊細《せんさい》で傷つきやすいわたくしの心は今にもはち切れそうですわ！」

『繊細』とか『傷つきやすい』とかいう言葉は、メイヤとは本来かけ離《はな》れている気がするが――彼女は大仰《おおぎょう》に両手を広げ宣言する。

「だから、わたくし歌います！　この想いを少しでも吐《は》き出すため！　そして愛しいリュート様に想いが少しでも届くことを願って！」

メイヤの背後に居る楽団が演奏準備に入る。

「聞いてくださいまし、この想い！　『リュート様マジラブ三〇〇〇%正妻の理《ことわり》！　メイヤ・ガンスミスの正妻力が留《とど》まるところを知らない！』ですわ！」

無駄《むだ》に長い自作の歌タイトルを告げると、楽団が演奏を始める。

メイヤは一心不乱に歌い出す。

『バーが防音設備完備でよかった』と楽団員達は皆《みな》が思った。

ちなみにバーや楽団の人達は、メイヤが自身の資金を使い高給を支払《しはら》い集めた人達だ。おおよそ考えられる無駄遣《むだづか》いでも、世界ランキングトップ三に入るレベルだろう。

▼

——時間は少しだけ遡《さかのぼ》る。

リュート達が獣人《じゆうじん》大陸、ココリ街を出発してから約二ヶ月以上経過していた。

新・純潔乙女《おとめ》騎士《きし》団本部は、リュート達不在の穴埋《あなう》めをしつつ通常業務をおこなっている。

嫁《よめ》達の中、一人残された元天神《てんじん》教巫女《みこ》のココノ・ガンスミスはというと……リュート達の私室の掃除《そうじ》を担当していた。

黒髪《くろかみ》をセミロングに切り揃えた彼女は巫女服を動きやすいようヒモでまとめて、はたきを手に気合いを入れる。

「今日も頑張《がんば》って綺麗《きれい》にしますね」

両手を胸の前に握《にぎ》り締め、ココノは鼻息荒《あら》く断言。

体が小さいので、その姿はとても可愛らしい。

その様子を見て、護衛メイドの一人がココノに話しかける。

「奥様、お手伝いをしなくても本当によろしいのですか？」

「はい、リュートさま達のお部屋は妻として、わたしの手でやりたいのです。すみません、我が儘《まま》ばかりを言って」

「我が儘なんて。むしろ、お手伝いいただき感謝しています」

本来、シアの指示でリュート達の私室管理は掃除を含《ふく》めて、護衛メイドの彼女達が担当することになっていた。

しかし、一人残されたココノの心情を思い彼女達は担当を譲《ゆず》っているのだ。

「ですが午後からの訓練もありますから、あまり無理をしないようにしてください。いつでもお声をかけていただければ、私達がやりますので」

「ありがとうございます。その時はよろしくお願いしますね」

ココノは笑顔で答える。

護衛メイドは一礼して部屋を出る。

その後、ココノは一人でもう一度気合いを入れ直して掃除に取り掛《か》かった。

布団《ふとん》は外へ出し、日の光にあたるように干す。

ハタキを手に埃《ほこり》を落とし、箒《ほうき》とちりとりで集めゴミ箱へと捨てる。

濡《ぬ》れた雑巾《ぞうきん》で床《ゆか》を拭《ふ》き、調度品も綺麗に磨《みが》く。

午前中には一通りの掃除を終わらせた。

昼食後、体力作りのためラヤラと一緒《いっしょ》に訓練をする。

訓練は日が沈《しず》む夕方少し前に終えた。

日が沈む前に干していた布団をココノが回収して敷《し》き直す。

夕食は新・純潔乙女騎士団メンバーと摂《と》る。

食後は他メンバーも使う専用リビングで、外交担当のラミア族ミューア、事務担当の三《み》つ眼《め》族バーニーとお茶をしていた。

バーニーが心配そうにココノへと尋《たず》ねる。

「最近、ずいぶん無理しているみたいだけど大丈夫《だいじょうぶ》、ココノちゃん」

「ご心配いただきありがとうございます、バーニーさま。これでも最近は訓練のお陰《かげ》か体も少しだけ丈夫《じょうぶ》になったんですよ」

ココノは巫女服の袖《そで》を捲《まく》り腕《うで》を曲げ、力強さをバーニーにアピールする。

力こぶはまったくできておらず、バーニーも微苦笑するしかなかった。

そんなココノに、香茶《かおりちゃ》を飲んでいたミューアが苦言を告げる。

「夫の帰る場所を守るのも妻として、立派なことだと私は思うわよ」

「ミューアさま……でも、わたしは……」

三人が座るテーブルの空気が暗くなる。

バーニーがどうにか空気を変えようと話題を探していると、彼女の幼馴染《おさななじ》みが怒《いか》りを露《あら》わに三人が座る席へと顔を出す。

クリスの幼馴染み三人組、最後の一人であるケンタウロス族のカレン・ビショップだ。

バーニーがこれ幸いに話題をふる。

「どうしたのカレンちゃん、そんなに怒《おこ》って？」

「よく聞いてくれたバニ！　実は実家から手紙が届いて、先程《さきほど》部屋で確認《かくにん》したら兄《あに》ィに結《けっ》婚《こん》話が来ているらしいんだ！」

彼女は綺麗な顔立ちなのに、頬《ほお》を膨《ふく》らませることで怒りをアピールする。その態度が子供っぽくてなぜか周囲を和《なご》ませる。

ココノも先程の暗い空気を忘れたようにカレンの話に参加した。

「結婚話ならおめでたいことじゃないんですか」

「おめでたいもんか！　兄ィがどこぞの女性と結婚だなんて！　私がしっかりと納得《なっとく》する人じゃなきゃ認めんぞ！」

カレンの態度に事情の分からないココノが困り、バーニー、ミューアに視線で助けを求める。

代表してミューアが教えてくれた。

「カレンは三人兄妹《きょうだい》で、彼女は末っ子の妹なの。長兄《ちょうけい》とは年が離れていて、カレンが物心が付く前には父の仕事を手伝っていたらしいわ。だから、歳《とし》の近い次兄にカレンは懐《なつ》いて、彼のやること全《すべ》てマネしてたらしいの」

カレンが現在のように、自分から武器を取り戦うようになったのも次兄の影響《えいきょう》が大きい。

もっと詳《くわ》しい話をするなら、長兄が実家のトップとして経営を担当。

次兄は長兄の下に付き、一族の若い衆《しゅ》を纏《まと》めて傭兵《ようへい》事業のトップを務めている。

長兄、次兄共に仲が良く、互《たが》いを補い合いビショップ家を支えているのだ。

カレンは次兄の影響で、武人のような性格になってしまった。

ミューアがココノの時のように苦言を呈《てい》する。

「いい加減、カレンも親離《おやばな》れならぬ、兄離れしなさいな」

「べ、別に兄離れはしている！　実家を離れてこうして働いているではないか！　ただ、私の眼鏡に適《かな》う人物でなければ義理の姉として認めないと言っているだけだ！」

（（それって兄離れできていないんじゃ……））

ココノとバーニーがそれぞれ心の中でツッコミを入れた。

ミューアが呆《あき》れたように溜息《ためいき》をつき、指摘《してき》する。

「ならどんな人なら、兄の嫁として認めるの？」

「そ、それは真面目《まじめ》で、優《やさ》しくて、働き者で、夫を大切にして、芯《しん》のしっかりとした性格で、次兄の部下達からも一目《いちもく》置かれ、地位や名誉《めいよ》に胡座《あぐら》を掻《か》かず努力して、私が尊敬――まで行かなくても兄ィを『この人なら任せられる』と思える人なら認めてやらなくもない」

「まるでリュートさんが育ての親の再婚《さいこん》相手に提示しそうな条件ね。そんな方、居るわけ無いでしょ」

「だったら私は認めない！　絶対に認めないぞ！」

「まったくカレンは……歳のわりに子供なんだから……」

ミューアは彼女の母親のように溜息を漏《も》らす。そんなやりとりを前にココノとバーニーがおかしそうに微笑《ほほえ》みあった。

「あーみんなーここに居たんだー」

そんな姦《かしま》しい少女達の輪にさらなる燃料が投下される。

燃料となる人物はリースの妹である、ルナ・エノール・メメア第三王女だ。

彼女の声に振《ふ》り返ったココノ達が目を丸くする。

ルナはいつもの長い金髪《きんぱつ》ツインテールだが、何日も風呂《ふろ》に入っていないせいか艶《つや》は無く、毛先がぱさついていた。

白桃《はくとう》のような健康的な肌《はだ》は薄汚《うすよご》れ、大きな目の下にクマができている。

私服の上から羽織っている白衣も油汚《あぶらよご》れなどで所々黒くなっていた。

ルナはふらつきながら、ココノ達のテーブルにつき置かれている茶菓子《ちゃがし》を勝手に食べる。

「あぁ～疲《つか》れた時にはやっぱり甘い物だよね。染《し》みるわぁ～」

「ルナさま、どうしたのですかその恰好《かっこう》は？　顔色も凄《すご》く悪いですよ」

「ちょうどリューとんから頼《たの》まれていた新兵器に一区切り付いたから出てきたんだ。顔色が悪いのも二日？　あれ、三日ぐらい徹夜《てつや》したからだと思う。あれ、四日だっけかにゃ？」

ルナの瞳《ひとみ》が遠くを見詰《みつ》めながら、呂律《ろれつ》が回っていない台詞《せりふ》で告げる。

彼女はリュートに才能を見いだされ、『兵器研究・開発部門』に所属することになった人物だ。

リュートが不在中、彼に代わって新兵器を開発している最中《さなか》だった。

そんな彼女は魔術師の才能があるため、疲れたら治癒《ちゆ》で疲労《ひろう》を癒《いや》していたらしい。結果、かなり長期間、兵器開発をおこなっていたようだ。

「もうルナちゃん駄目《だめ》だよ。いくら魔術《まじゅつ》が使えるからって、そんな無茶しちゃいつか体壊《こわ》しちゃうよ！」

バーニーの叱責《しっせき》を、ルナが笑いながら受け流す。

「分かってるんだけど、リューとんからまかされた新兵器開発が意外と面白《おもしろ》くって。切りの良いところまでって繰《く》り返すうちに朝になっちゃってさぁ」

うつろな目で舌を出し、自分の頭を拳《こぶし》で叩《たた》く姿は可愛《かわい》らしいが痛々しい。

「それでいったいどんな新兵器を作っているんだ？」

カレンは武人らしく新しい兵器に興味津々《きょうみしんしん》といった表情で尋ねる。

「う～ん、教えたいのはやまやまなんだけど、リューとんからまだ許可取ってないから説明できないんだ。ごめんね、カレカレ」

「そうか、ならしかたないな。だが、カレカレは止《や》めてくれ！」

カレンの訴《うった》えを無視して、ルナはココノへと向き直る。

「いくつか新兵器があるんだけど、その一つが完成したらきっとココノンの力になると思うんだ。きっとリューとんもそのつもりで開発しようとしてたんだと思うよ」

「わたしの力にですか？」

「うん！　だから楽しみにしててねココノン！」

ルナが笑顔《えがお》で断言する。

（リュートさまがわたしのために……）

その言葉を聞くと運動をした訳でもないのにギュッと胸が締《し》め付けられるように痛む。

だが、その痛みはココノにとって心地好《ここちよ》いものだった。

ルナが席を立ち伸《の》びをする。

「それじゃ糖分も補給できたし、研究所に戻《もど》って続きでもやろうかな！」

「まだやるの！　ルナちゃんは一旦《いったん》お風呂に入って、寝《ね》たほうがいいよ！」

「なあ、カレカレは止めてくれないか！」

バーニーがルナに休むよう引き止め、カレンが自身の呼称訂正《こしょうていせい》を求める。

そんな姿をミューアが微笑ましく見守っていると、護衛メイドの一人がメモを片手に彼女の側《そば》へと歩み寄る。

護衛メイドから受け取ったメモをミューアが確認する。

「!?」

彼女には珍《めずら》しく驚愕《きょうがく》で席を立ってしまった。

椅子《いす》が弾《はじ》かれたように音を立てる。

そのせいでリビングに居る人目を全て集めてしまう。

「ど、どうしたのミューアちゃん、怖《こわ》い顔して?」

「………………」

バーニーが代表して問いかけるも、ミューアはすぐに返事をしなかった。

目を細め彼女の内部で様々な可能性、検討、考えを広げる。

数秒間の沈黙《ちんもく》の後、彼女は神妙《しんみょう》な表情で言葉を告げた。

「……緊急《きんきゅう》事態が起きたわ」

「緊急事態?」

カレンが小首を傾《かし》げる。

ミューアは頷《うなず》き、さらに言葉を重ねた。

「リュートさんの大切な人に魔《ま》の手が伸びている。一刻も早く彼に知らせないと大変なことになるわ」

そして、ミューアはその『大切な人』の名前を告げる。

その場に居る全員が『大切な人』の名前と狙《ねら》う相手の名前を聞き、先程のミューアに負けないほどの驚《おどろ》きの表情を作り出した。

▼

無事、リースを見付け、オレは彼女から魔術液体金属の小樽《こたる》を受け取る。

リースはスノー、クリス、そして元女魔王《まおう》のアスーラと連れだって街へ買い物に出ようとしていた。もちろん護衛のシアも一緒《いっしょ》だ。

彼女達は丁度《ちょうど》宿から出たところで、オレも街への買い物に誘《さそ》われたが、メイヤの結婚《けっこん》腕輪を作らなければならないため断りを入れる。

自室に戻ると早速《さっそく》、メイヤの結婚腕輪製作に取り掛《か》かった。

彼女に贈《おく》る腕輪のイメージは細部の微調整《びちょうせい》以外はほぼ完成しているため、製作はそう難しくない。

ソファーに腰《こし》掛け、小樽をテーブルに置いて手を中へ入れようとするが、ノックの後、返事も聞かずに扉《とびら》が開く。

「リュートくん！」

部屋に入ってきたのは先程《さきほど》、街に買い物に出かけたはずのスノー達だった。

いくらなんでも帰ってくるのが早すぎる。

オレが疑問を抱《いだ》いていると、意外な人物が顔を出す。

「ら、ラヤラ！　どうしてここに居るんだ!?」

獣人種族、タカ族、ラヤラ・ラライラ。

PEACEMAKER《ピース・メーカー》の疑似無人機《UAV》を担当する少女だ。

本来、獣人《じゅうじん》大陸のココリ街で働いているはずなのだが、どうしてここにいるんだ!?

彼女は汗《あせ》だくで、顔や衣服が汚《よご》れている。

まるで何日もお風呂に入っていない状態だ。

「き、緊急事態が、起きたってみ、ミューアさんに言われて団長達が居るここまで、と、飛んできました。詳しい内容は、ミューアさんから渡《わた》されたこの手紙に、書かれています」

緊急事態？

ラヤラは膨大《ぼうだい》な魔力《まりょく》と種族特性でほぼ一日中飛ぶことができる。

彼女が無理をすれば、飛行船よりずっと速く大陸間を移動することができるだろう。

その無茶をするために極力荷物を減らして、身軽にしてここまで文字通り飛んできたらしい。

とりあえず、疲労困憊《ひろうこんぱい》のラヤラをベッドに寝かせて休ませる。

シアには胃に優しく、食べやすい料理を持ってくるよう指示を出す。

オレはここまでして急いで彼女が持ってきた手紙の封《ふう》を切り、内容を確認《かくにん》した。

「⁉」

『リュートお兄ちゃん、手紙にはいったいどんなことが書かれてあるんですか？』

クリスが緊張《きんちょう》した表情で問いかけてくる。

オレは彼女にすぐ返事をすることができず固まってしまう。

手紙を持つ手が震《ふる》えるほどだ。

「リュートさん、大丈夫《だいじょうぶ》ですか？　顔色が青いですが……」

リースの心配する声に意識がようやく再起動する。

「……すまない心配をかけて。もう大丈夫だ。しかし、これはミューアがラヤラに無理をさせて運ばせるわけだ」

手紙を掴《つか》む腕に力が籠《こ》もる。

「『始原《○ー》』が、エル先生を取り押さえるための準備を進めているらしい」

『⁉』

その場に居るアスーラを除くスノー達全員が息を呑《の》む。

魔術師S級が率いる最強の軍団《レギオン》、始原が見せている不穏《ふおん》な動き。

オレ達は魔物大陸で『魔王と五種族勇者の物語』について、真実を知った。

その後すぐ始原が、オレとスノーの育ての親であるエル先生に接触《せっしょく》しようとする。

これは偶然《ぐうぜん》か？

どれだけ贔屓《ひいき》目《め》にみてもそれはありえない。

恐《おそ》らく始原は、オレ達がこの世界の真実に到達《とうたつ》したことを知っている。

だから、エル先生を捕《と》らえて、オレ達に対する交渉《こうしょう》材料や誘《おび》き出すエサにするつもりなのだろう。

想像するだけで体中を流れる血液が燃えているように熱くなる。

「リュートくん」

スノーの静かな問いかけ。

彼女の声音《こわね》にもオレと同じかそれ以上に燃えさかる怒気《どき》が含《ふく》まれている。

もちろん、返答は決まっている。

「これ以上、悠長《ゆうちょう》に飛行船の順番を待っている暇《ひま》はない。どんな方法を使ってでも今すぐ飛行船を確保して、始原達より早くエル先生を保護しよう！」

オレの言葉にスノーだけではなく、クリス、リース、ラヤラ。そしてアスーラまで頷いてくれる。

オレも力強く頷き返し、手紙をしまうとすぐに部屋を出た。

そして、スノー達に出発の指示を鋭《するど》く飛ばしたのだった。

第八章　ギギとエル

現在、オレ達、PEACEMAKER《ピース・メーカー》とギギさん、旦那様《だんな》、元女魔王アスーラ、ノーラ全員で魔物大陸《モンスター》から、レンタル飛行船で妖人大陸《ようじん》へと急ぎ戻っていた。

本来なら、オレ達がレンタル飛行船を借りるのはまだ先だったが、先約を入れていた商人に結構な額を積んで頭を下げ、かなり無理を言って順番を変わってもらったのだ。

本当ならこういう横入り的方法は反則だが、現在は緊急事態のためそうも言っていられない。

オレはレンタル飛行船のリビング兼《けん》食堂のソファーに座りながら、あらためて獣人種族《じゅうじんしゅぞく》タカ族のラヤラが持ってきてくれた手紙に目を通す。

手紙には外交担当のミューアが、現状を端的《たんてき》に書いてくれていた。

なぜか始原《○ー》のトップ、人種族魔術師《ひとしゅぞくまじゅつし》S級のアルトリウス・アーガーが、エル先生の身柄《みがら》を取り押さえるため動き出そうとしているらしい。

この情報は彼女の手駒《てごま》からもたらされた、かなり精度の高い情報とのことだ。

手紙には、新・純潔乙女騎士団《おとめきしだん》もエル先生の保護のため動き出そうとしていると書かれてあった。

とはいえ、始原は大組織。実際に動き出すには時間がかかるはずだ。

その間に彼らより早くエル先生を保護すればいい。

だから、きっと大丈夫だ。

「…………」

手紙を受け取った後、何度もそう自分に言い聞かせる。

だが、言葉とは裏腹に胸中では不安が渦巻《うずま》く。

「リュートくん、はい、香茶《かおりちゃ》」

「スノー？　いつからそこに……」

気付くと、ソファーの隣《となり》にスノーが香茶を目の前に置いて座っていた。

彼女が微苦笑《びくしょう》する。

「さっき部屋に入ったんだけど、やっぱり気付いてなかったんだね。凄《すご》く怖《こわ》い顔で何か考えごとしてたもんね」

言われて思わず手で顔に触《ふ》れる。

その様子がおかしかったのか、スノーが微《かす》かに笑う。だがすぐに獣耳《けものみみ》をぺたりと倒《たお》し落ち込み、暗い表情を浮《う》かべた。

「リュートくん……エル先生、大丈夫かな……。もし、エル先生が酷《ひど》い目にあうようなことがあったら……」

スノーは想像して不安を強めてしまったのか、ギュッとオレの服を強く摑んでくる。

オレはスノーを慰《なぐさ》めるため、彼女の肩《かた》に手を回し、抱《だ》き締《し》める。

スノーは逆らうことなく、自身の頭をオレの首筋に埋《う》もれさせた。

「大丈夫に決まっているだろ。エル先生は魔術師Bプラス級の凄腕《すごうで》だし、新・純潔乙女騎士団の皆《みな》が保護するために動いてくれてるって、手紙に書いてあっただろう？　始原《ﾟ一》に捕《つか》まる前に、彼女達がきっとエル先生を保護してくれているよ」

「うん……そうだよね」

オレはスノーの頭を何度も撫《な》でながら、彼女を励《はげ》ますため言葉を並べる。

しかし、それはオレ自身に聞かせるためでもあった。

暫《しばら》くそうやって抱き合っていると、リビングに通じる扉が開く。

旦那様、ギギさん、そして幼女姿の元女魔王アスーラが顔を出す。

扉の音に気付いたスノーがオレから離《はな》れ、赤くなった目元を擦《こす》る。

オレは立ち上がり、三人を出迎《でむか》えた。

「すみません、旦那様、ギギさん、アスーラ様、皆さんを今回の件に巻き込んでしまって」

「ははははは！　気にするなリュート！　それに一緒《いっしょ》に行くと言い出したのは我輩《わがはい》達だ！　リュートが気に病《や》む必要はないぞ！」

旦那様の言葉通り、本当ならこの三人とは魔人《まじん》大陸で別れて、オレ達だけでエル先生を保護するため妖人大陸に行くはずだったが、旦那様達は『自分達も一緒に行く』と宣言。

最初はもちろん断った。

今回の一件はあまりに危険度が高い。

下手《へた》をしたら始原《ㇵ一》と正面衝突《しょうとつ》する可能性があるからだ。

また旦那様が付いてくるなら、アスーラを一人で魔人大陸にあるブラッド家へ送り出す訳にはいかない。

必然、彼女も一緒に行くことになる。

つまり、現在進行形で彼女の命を狙《ねら》っている相手が居るかもしれない場所へ行くということだ。なのにアスーラは、迷いもせず断言した。

『リューの子孫であるリュートが困っておるのに、妾《わらわ》が動かない訳がなかろう？』

魔法核《まほうかく》を抜《ぬ》かれ幼女姿のため、腰《こし》に手を当て胸を張る姿は頼《たよ》りになるというより、『可《か》愛《わい》らしい』といった感じだったが、彼女の心意気は本当に嬉《うれ》しく、ただただ頭が下がった。

こうして最終的には押し切られ、旦那様達も付いてきてくれることになった。

正直な話をすれば旦那様、ギギさんが付いて来てくれて心強い。

あの始原と戦う可能性が高い以上、戦力はいくらあっても困らないからだ。

「……それでも、本当にありがとうございます」

旦那様のいつも通りの笑い声を聞きながら、改めてオレは三人にお礼を告げる。

アスーラは頬《ほお》を染め、口元に手を当て瞳《ひとみ》を艶《つや》っぽく潤《うる》ませる。

「あぁ、その律儀《りちぎ》で真摯《しんし》な性格！　まるで昔のリューをみているようじゃ！」

どうやら昔、結婚《けっこん》の約束までした相手の態度とオレが似ていたらしく、彼女は初恋《はつこい》をしたばかりの少女のように真っ赤になって身悶《みもだ》える。

……この幼女が情報操作されていたとはいえ、世間に広まっていた恐怖《きょうふ》の元魔王《まおう》なんだよな。

危険を顧《かえり》みず付いてきてくれているのは嬉しいが、目の前で身悶える少女に複雑な感情の目をついつい向けてしまう。

そんなオレにギギさんが声をかけてきた。

「リュート、安心しろ。たとえ始原がリュートの恩師に手を出そうとしても俺がきっと止めてみせる。だから、あんまり難しく考えすぎるな。悪いことばかり考えるのはリュートの悪い癖《くせ》だぞ」

「ギギさん……」

まるで弟の心配をする兄のような態度で頭を乱暴に撫でてくる。

オレは彼の言葉に安堵《あんど》するより、危機感を覚えてしまう。

ギギさんの瞳がまるでブラッド家で執事《しつじ》をしていた時、山賊《さんぞく》時代の両親や仲間達の弔《とむら》いのため旦那様に挑《いど》む色をしていたからだ。

ギギさんこそ、自分の命を蔑《ないがし》ろにする癖がある。

オレの胸を嫌《いや》な予感が過《よ》ぎる。

念のため諌《いさ》めようと口を開きかけるが、

「そうですわ、リュート様！　始原ごとき木《こ》っ端《ぱ》軍団《レギオン》など、このメイヤ・ガンスミス(仮)がリュート様の代わりにけちょんけちょんに叩《たた》き潰《つぶ》してやりますわ！」

「流石《さすが》です！　メイヤお姉様！」

突然《とつぜん》、メイヤ&元『ノワール』のノーラが空気を読まず話に割って入ってくる。

てか、こいつらいつのまにリビングに入ってきたんだ。

まったく気付かなかったぞ!?

メイヤは瞳に怒《いか》りの炎《ほのお》を爛々《らんらん》と燃やしながら、握《にぎ》り拳《こぶし》を固めて断言する。

「所詮《しょせん》は端《は》役《やく》軍団《レギオン》の分際で、神たるリュート様をお育てになった聖母にして、わたくしのお義母《かあ》様でもあるエル先生に手を出そうとするとは！　まさに神をも恐《おそ》れぬ所業！　さらに許し難《がた》いのは我が覇道《はどう》（リュート様の可愛いお嫁《よめ》さん♪）の邪魔《じゃま》をするとはぁぁぁぁッ！　このメイヤが絶対に許しませんわ！」

メイヤの始原《○ー》に対する怒《いか》りは凄《すさ》まじい。

ラヤラの緊急《きんきゅう》事態の一報で、オレが彼女へ贈《おく》る結婚腕輪の話が流れてしまったせいだ。

メイヤはその直接的原因である始原《○ー》に対して、今回並々ならぬ敵意を抱《いだ》いている。

そんなメイヤをノーラは、尊敬の眼差《まなざ》しで見詰《みつ》めている。

前にノーラが所属していた組織『ノワール』は、始原《○ー》に危険視され狙われていた。

故《ゆえ》に彼女は始原《○ー》の強さをよく知っている。

なのにメイヤはまったく恐れるどころか、力強く倒すと宣言しているのだ。ノーラの瞳に頼《たの》もしく映るのも分からなくはない。

しかし、二人とも以前とは考えられないほど仲良くなったよな……。

この二人は相性《あいしょう》がいいらしい。

その後、メイヤの始原《○ー》糾弾《きゅうだん》大会にオレ、スノー、アスーラまで巻き込まれてしまう。

スノー達は女子らしいトークで、始原《○ー》を非難し始める。

そしていつの間にか、旦那様とギギさんがリビングを出て行ってしまっていた。お陰《かげ》でギギさんと話をするタイミングを失ってしまう。

オレは胸に嫌な予感を覚えながら、スノー達の会話に相づちをうった。

レンタル飛行船から眼下を見下ろすと、懐《なつ》かしい光景を目にする。

数年ぶりに育ち過ごしたアルジオ領ホードへと戻《もど》ってきた。

レンタル飛行船を着陸させると、オレとスノーは孤児院《こじいん》へ向けて駆《か》け出す。

肉体強化術で補助しているため、まるで風のように速い。

数年前と変わらない孤児院の建物がすぐに見えてくる。

孤児院で新たに引き取ったであろう子供達が、薪《まき》を籠《かご》に入れ中へ入ろうとしている。

勢いよく走り寄ってくるオレ達に気付くと、恐怖し慌《あわ》てて建物内へと入ってしまった。

新しく入った子供達のため、卒業してしまったオレやスノーのことは知らない。当然の反応だ。

逆にこれでエル先生が子供達に呼ばれて、外へ顔を出すかもしれない。

この予想はある意味で当たり、ある意味で外れてしまう。

オレとスノーが孤児院に辿《たど》り着くと、中から人が出てくる。

子供達に手を引かれ顔を出したのは、オレやスノーもお世話になった孤児院を手伝ってくれているオバさんだった。

なぜエル先生じゃないんだ……まさかもう始原に連れ去られたのか⁉

緊張《きんちょう》した表情を浮かべていたオレとスノーに、オバさんが懐かしそうに声をかけてくる。

「あら、リュートくんにスノーちゃんじゃない！　久しぶりね！　大丈夫《だいじょうぶ》よ、この人達は孤児院の卒業生だから。ほら、ちゃんと挨拶《あいさつ》しなさい」

オバさんにうながされ、子供達が挨拶をする。

あまりにのんびりした態度にオレは毒気を抜かれてしまった。

彼女達の態度から、まだ始原に攫《さら》われていないことを知ったからだ。

オレは気持ちを落ち着かせて、オバさんに声をかける。

「ご無沙汰《ぶさた》してます。すみません突然、押しかけてしまって。エル先生はいらっしゃいますか？」

「エル先生なら急患《きゅうかん》が出たからって、朝早く隣町《となりまち》へ行ったわ。時間的にもそろそろ帰ってくると思うわよ」

隣町や大きな街に治療《ちりょう》で行くのは珍《めずら》しいことではない。

この治癒《ちゆ》も孤児院にとって大切な収入源になるのだが、タイミングが悪かった。

隣町ならレンタル飛行船を使えばすぐである。

迎《むか》えに行った方がいいかもしれない。

「リュート君に、スノーちゃん？」

声に振《ふ》り返るとそこにはエル先生が立っていた。

兎耳《うさぎみみ》に、ピンクの髪《かみ》、美人だが人々を安心させる柔和《にゅうわ》な表情をしている。

手には買い物籠《かご》を持ち、隣町でついでに買ったのか食材が入っていた。

数年ぶりに会う懐かしい姿と、エル先生の無事を確認《かくにん》できて涙腺《るいせん》が弛《ゆる》みそうになる。

「エル先生！」

「もうスノーちゃん、突然《とつぜん》抱きついたら危ないでしょ」

スノーは思わず走りより、エル先生に抱きつく。

彼女はスノーを口では叱《しか》りながらも、母親のように優《やさ》しく何度も頭を撫でていた。

オレはゆっくりと歩み寄り、ビジネスマンのように腰から頭を下げエル先生に声をかける。

「ご無沙汰してます、エル先生」

「ふふふ、リュート君たら、そんな畏《かしこ》まらなくてもいいのに」

エル先生はオレの態度と言葉遣《ことばづか》いが面白《おもしろ》かったのか上品に笑う。

さすが小国とはいえお姫様《ひめさま》！

エル先生の双子《ふたご》の妹であるアルさんに教えてもらったことだが、改めて見るとエル先生にはどことなく気品がある。

なのに同じ双子であるアルさんは背丈《せたけ》や顔は一緒なのに、高貴さが微塵《みじん》も漂《ただよ》っていない。

どうして双子なのにこれほど差があるのだろうか？

「すみません、久しぶりに会ったのでどう話せばいいのか分からなくて……」

「難しく考えず、昔のように話してくれればいいの――ッ⁉」

「エル先生？」

抱《だ》きついていたスノーが顔を上げ、エル先生の名前を呼ぶ。

彼女が突然、身を硬《かた》くし息を止めたからだ。

スノーがエル先生から体を離《はな》し、オレへ『どうかしたの？』と視線で問う。

オレ自身、何が起きたか分からず首を横に振った。

「どうやら無事だったようだな。しかし、本当にアルさんとそっくりなんだな……」

声がした方へ視線を向けると、ギギさん達がようやく追いつきこちらへと歩み寄ってくる。

ギギさんはエル先生の姿を確認し、のんびりと感想を漏《も》らしていた。

「り、リュート君、スノーちゃん……二人はあの方とお知り合いなの？」

「えっ？」

先程《さきほど》、身を硬くしたエル先生の視線がギギさんへと固定されいた。

しかも、その頬は赤くなり、瞳は少女マンガの恋《こい》する乙女《おとめ》のように潤んでいる。

「はっ？」

オレはエル先生とギギさんを交互《こうご》に見比べる。

ギギさんはいつもの押し黙《だま》った表情。

エル先生は、心臓の鼓動《こどう》を抑《おさ》えるように胸に両手を重ね熱い視線を向けている。

「あっ？」

尊敬するエル先生のことだ。

オレはすぐに彼女の感情を理解するが、認めたくない気持ちが圧倒《あっとう》的に大きい。

なぜか知らないが、エル先生はギギさんに惚《ほ》れている!?

はぁ!?　どうして、なんで!?

オレは悪い予感が外れたことは嬉《うれ》しかったが、頭を抱《かか》えその場にうずくまることしかできなかった。

▼

妖人大陸、メルティア王国、中庭。

その一角で男達が日差しを浴びお茶を飲んでいた。

向かい側の席に座る男が席から立ち上がる。

身長は一九〇ｃｍ以上。髪を短く切り、筋肉質で甲冑《かっちゅう》を着込《きこ》んでいる。

彼こそ始原団長、人種族、魔術師Ｓ級のアルトリウス・アーガー。

人種族最強の魔術師でもある。

「なんだい、もう行くつもりかいアルト」

アルトリウスと同席している男性は人種族最強の魔術師を気さくに『アルト』と愛称《あいしょう》で呼ぶ。

彼こそ妖人大陸最大の人種族国家である大国メルティアの次期国王、人種族、魔術師Ａプラス級、ランス・メルティアだ。

身長は約一八〇ｃｍ。

アルトリウスとは正反対で線が細く、金髪《きんぱつ》を背中まで伸《の》ばしている。顔立ちも女性と見間違《まちが》うほど整っているが、頼《たよ》りないという印象は微塵もない。

アルトリウスとはまた違った、王族が持つ独特の風格を持っている青年だ。

世界最古の軍団《レギオン》団長と人種族最大国家の次期国王。

互《たが》いの立場状、簡単に友人すら作ることができない。故《ゆえ》に二人はまだ幼い頃《ころ》、親が『友人候補』として引き合わせた。

初対面時はギクシャクしていたが、今ではごく普通《ふつう》の気安い友人同士のように会話をするまでになっている。

ランスの問いにアルトリウスが答える。

「PEACEMAKER《ピース・メーカー》の関係者に手を出すと知られたら、天神《てんじん》教会の奴《やつ》らが騒《さわ》ぎ出す」

「天神教会はPEACEMAKER《ピース・メーカー》に手を出さないよう厳命していたものね」

アルトリウスが団長を務める軍団《レギオン》、始原《オリジン》は天神教会にある禁書庫――ほんのごく一部の人間にのみ閲覧《えつらん》が許されている書庫の警備を担当していた。

しかし『ノワール』の少女達により警備を突破《とっぱ》され、とある書物が持ち出されてしまう。

本にタイトルは無いが、内部の閲覧可能者達の間では『巫女派遣本《みこはけん》』また『派遣リスト』と呼ばれている。過去、巫女や巫女見習い達が、『天神様のお告げ』として嫁《とつ》いだ先がリストとして纏《まと》めらた本だ。

彼女達を有力者に派遣することで、天神教は権力者達と深く繋《つな》がってきたのである。

その書物の写しが先日、元天神教巫女見習いのココノの手元へと届き、その結果、彼女は静音暗殺者《サイレント・ワーカー》が団長を務める処刑人《シーカー》、暗殺者軍団《レギオン》に命を狙《ねら》われた。

一般《いっぱん》市民で当時友人だったココノを狙ったことでＰＥＡＣＥＭＡＫＥＲ《ピース・メーカー》メンバー達が激《げき》怒《ど》し、静音暗殺者《サイレント・ワーカー》達を現代兵器で撃滅《げきめつ》。彼らだけではなく、ココノ暗殺を依頼《いらい》した天神教トップ陣《じん》にも即席爆破装置《ＩＥＤ》を使ったロードサイドボム、クリスの狙撃《そげき》、数ｋｍ離れた位置から迫撃砲《はくげきほう》の乱れ撃《う》ち等の脅《おど》しをおこなった。

脅しの効果は覿面《てきめん》で当時のトップ達は全員引退し、現在も窓一つ無い部屋や地下室に引きこもっているとか。

もしアルトリウスがＰＥＡＣＥＭＡＫＥＲ《ピース・メーカー》関係者に手を出した場合、彼らは『今度こそ殺される！』と恐怖《きょうふ》し、止《や》めるよう激しく抗議《こうぎ》してくるだろう。引退しているとはいえ、発言力が途端《とたん》に『ゼロ』になる訳ではない。

ランスは『くすくす』と笑う。

「力でアルトを止めることはできないから、子犬のようにきゃんきゃん吠《ほ》える姿が目に浮《う》かぶよ」

「うるさいのは好かん。だから、彼らの耳に入る前に、さっさと行って終わらせてくるのだ」

「なるほど、合理的だね」

ランスが香茶が入ったカップに口を付ける。アルトリウスはマントを靡《なび》かせ、中庭を後にしようとする。

その彼の背にランスが思い出したように声をかける。

「そうそう。さっさと終わらせるのは構わないけど、地形を変えたり、やりすぎないように注意してくれよ。あそこも一応、メルティア王国の領地《ち》なんだから」

「……善処しよう」

アルトリウスが本気を出した場合、比喩《ひゆ》ではなく地形を変えてしまうほどの被害《ひがい》が出る可能性があった。

そのためランスは釘《くぎ》を刺《さ》したのである。

友の言葉にアルトリウスは振り返りもせず答えた。

彼の態度にランスは再び微苦笑《びくしょう》を浮かべる。

完全にアルトリウスが中庭から辞去すると、一人残されたランスが虚空《こくう》に呟《つぶや》く。

「さて、この危機を堀田《ほった》くんはどう切り抜《ぬ》けるのかな」

彼の呟きを耳にしたのは一陣《いちじん》の風だけだった。

第九章　始原〇一

それは数年前のこと。エル先生は海運都市グレイに所用で出向いたらしい。

用事を済ませ、街中を歩いていると、目の前で見知らぬ子供が転んだ。

子供は膝《ひざ》をすりむいて泣き出してしまう。

この異世界でもっとも聖母に近いエル先生が、そんな子供を見過ごすはずがない。

彼女は駆《か》け寄り、服についた土を払《はら》って子供を立たせ、すりむき血が滲《にじ》む膝を治癒《ちゆ》魔術《まじゅつ》で治癒する。

しかし、不幸にもその治療行為《ちりょうこうい》がエル先生と子供の二人を危険に晒《さら》してしまう。

二人の側《そば》を通りかかった馬車に積み上げられた木材のロープが切れてしまったのだ。

治癒魔術を使っていたため、エル先生は咄嗟《とっさ》に他魔術で防ぐことができなかった。それでも子供を守るため、抱《だ》き締《し》めて木材から庇《かば》ったらしい。

だが、二人は木材に押しつぶされることはなかった。

『大丈夫《だいじょうぶ》か？』

声に顔を上げると、ギギさんがエル先生達を守るため割って入り、魔術で落下してきた木材を防いでいたのだ。

『は、はい。ありがとうございます。お陰《かげ》で助かりました』

『……そうか』

エル先生や商人からのお礼と謝罪を聞き流し、ギギさんはすぐにその場を離れる。

エル先生はそんなギギさんに慌《あわ》てて駆け寄り、声をかけたらしい。

『あ、あの本当にありがとうございました！　お名前を教えていただいてもよろしいですか？』

しかしギギさんは振《ふ》り返りもせず、

『名乗るほどの者ではない』

断り、人混みに紛《まぎ》れてしまった。

▼

「そんなギギさんがまるで昔の婚約者《こんやく》、あの人のようで……じゃなくて！　その……」

エル先生が珍《めずら》しく、顔を赤くしてパタパタと手を振り必死に誤魔化《ごまか》そうとする。

どうやらつい口が滑《すべ》ってしまったらしい。

現在、オレ達は孤児院《こじいん》の裏手にある広場に集まってエル先生の話を聞いていた。

机やテーブル、お茶、茶菓子《ちゃがし》などは全《すべ》てリースの『無限収納』から出している。

可愛《かわい》らしく慌てるエル先生にオレが代表して告げる。

「大丈夫です。アルさんからお話は聞いているので。ここに居るメンバーはほぼ知っていますから」

「そうだったの？　もうあの子ったら、お喋《しゃべ》りなんだから」

オレの言葉に、エル先生は頬《ほお》を膨《ふく》らませ双子《ふたご》の妹に腹を立てた。

「でも、どうしてわたし達にまでお姫《ひめ》様って黙っていたんですか？」

スノーの質問にエル先生は微苦笑を浮かべる。

「姫と言っても本当に小さな国だし、私が『お姫様』だなんて似合わないでしょ？」

「いえ！　そんなことまったくありませんよ！　エル先生がお姫様って知ってすぐに納得《なっとく》しました！　話を聞いて昔を振り返り、高貴な雰囲気《ふんいき》とか出ていたのに『どうして気付かなかったんだろう』って思うぐらいですよ！」

「ありがとう、リュート君。お世辞でも嬉しいわ」

「お世辞じゃありませんよ！」

エル先生はオレの言葉に恥《は》ずかしそうに微笑《ほほえ》む。

ちくしょう！　可愛すぎる！

こんな素晴《すば》らしい人が、ギギさんに惚れているなんて！

とある可能性に気付き、エル先生に進言する。

「でも、一目でよく助けてくれたのがギギさんって分かりましたね。もしかしたら違う人かもしれませんよ？」

エル先生を助けた時のギギさんは、旦那様《だんなさま》を捜《さが》すため北大陸へ向かっている真っ最中だった。

時期的にその途中《とちゅう》で寄った時、エル先生と子供を助けたのだろう。

昔のギギさんに比べて現在は、傷が増え、右目を眼帯で覆《おお》っていた。

以前と比べて大分、容姿が変化している。

これなら『他人のそら似ではないか？』と押し通すことができるだろう。

スノー、クリス、リース、シアは、オレがどうにかしてエル先生とギギさんを引き離《はな》そうとしていることに気付く。

妨害《ぼうがい》はして来ないが、あからさまに呆《あき》れた視線を向けてくる。

だが、だてにPEACEMAKER《ピース・メーカー》団長として修羅場《しゅらば》をくぐっていない！

彼女達の視線に耐《た》えつつ、オレは問いかけた。

「ギギさんはどうですか!?　身に覚えなんてありませんよね！」

「そんなことをした記憶《きおく》はあるが……緊急《きんきゅう》事態だったのであんまり顔や特徴《とくちょう》を気にせず助けたからな。リュートの言う通り、人違《ひとちが》いという可能性もあると思うが……」

オレの必死な言葉に、ギギさんは過去を振り返る。

ギギさんの自信なさげな言葉に、エル先生が笑顔《えがお》で答えた。

「大丈夫よ、リュート君。助けてくださった恩人を見間違《みまちが》えるなんて失礼なことしないわ」

「そう、ですか……」

「ギギさん、あの時は助けていただき本当にありがとうございます」

エル先生の言葉に、ギギさんは黙《だま》って頷《うなず》く。

大天使であるエル先生に断言されては、それ以上言及《げんきゅう》する訳にもいかず黙るしかなかった。

(リュートくん、リュートくん)

落ち込んでいるオレへ隣《となり》に座るスノーが小声で話しかけてくる。

(気持ちは分からなくはないけど、でもギギさんって前にリュートくんが言ってた条件に当てはまる人だと思うよ？)

（条件？）

昔、『どのような男性ならエル先生の夫として認めるのか？』と尋《たず》ねられた。

その時『真面目《まじめ》で、優《やさ》しくて、働き者で、自分のことより妻を大切にして、他《ほか》の女性に目移りしない一本気な性格で、収入が安定していて、エル先生を守れる強さがあって、義《ぎ》理《り》堅《がた》く、周囲から一目《いちもく》置かれ、地位や名誉《めいよ》に胡座《あぐら》をかかず努力して、僕が尊敬——まで行かなくてもエル先生を「この人なら任せられる」と思える人なら許す！』と言った記憶がある。

……た、確かにギギさんは見た目こそ強面《こわもて》だが、真面目で優しく、ブラッド家でも評判のいい働き者だった。

またギギさんなら性格上、妻を大切にするだろう。

受付嬢《じょう》さん、アルさんに言い寄られても気付かないほど鈍感《どんかん》のため、結婚《けっこん》すれば奥さん以外は目にも入らないはずだ。

魔術師《まじゅつし》Bプラス級のため、収入面も問題なし。エル先生を守れる強さもある。

義理堅く、周囲から一目置かれ、地位や名誉に胡座をかかず努力している。

何よりオレは彼を師匠《ししょう》として尊敬している。そう考えると、ギギさんは嫌《いや》というほど条件を満たしている人物だった。

さらにギギさんには恩がある。

奴隷《どれい》に売られ女性と間違えられてブラッド家に買われた時、ギギさんが後押ししてくれなければ自分は返品されていたかもしれない。

三日間でクリスと距離《きょり》を縮めることができたのも、彼が絵本を持って来てくれたからだ。

他にもギギさんが剣術《けんじゅつ》や体術を教えてくれたから、今こうして生き延びることができた訳で……。

「どうしたリュート。憎《にく》しみと尊敬が混ざった混沌《こんとん》とした顔をして。体調でも悪いのか？」

オレが過去を振り返り、あらためてギギさんにお世話になっていたのと尊敬していることを自覚してしまい苦悶《くもん》する。

そんなオレにギギさんは心配そうに声をかけてくれる。

その優しさが今はオレを苦しめていた。

悩《なや》み抜いたすえ、オレは……。

「いえ、大丈夫です。急に頭痛がしただけですから」

「大丈夫、リュート君？　念のため治癒をかけておく？」

「すみません、エル先生、心配をかけてしまって。でも、本当に大丈夫ですから」

オレはエル先生を心配させないため、意識して爽《さわ》やかな笑顔を作る。

考え抜いた結果として、この問題を考えないことにした。

ギギさんは、自分に対する好意に酷《ひど》く鈍感だ。

下手《へた》に動いてエル先生から遠ざけようとして、二人の間にフラグが立ったらたまったものではない。

ここはギギさんの鈍感力に賭《か》けて、静観しておくのが得策だろう。

頭と気持ちを切り替《か》え、エル先生にオレ達が孤児院に慌てて駆けつけた理由について話をする。

もちろん、エル先生にこの異世界の真実を告げる訳にはいかない。

ゆえにPEACEMAKER《ピース・メーカー》が始原〇一に目を付けられ、始原〇一がオレ達の尊敬するエル先生を人質《ひとじち》として押さえようと動いていると説明する。

一通り話をした後、オレは頭を下げた。

「すみません、エル先生。軍団《レギオン》同士の争いに巻き込んでしまって!」

「顔を上げてリュート君。リュート君が悪い訳ではないんでしょ?」

「はい。自分が絶対的正義とはいいません。でも、エル先生に顔向けできないようなことは断じてしてません。それだけは信じてください」

オレの言葉をジッと聞いていたエル先生は、微笑みを浮《う》かべる。

「分かりました。リュート君を信じます。それで、私はどうすればいいのかしら……」

「エル先生には申し訳ないんですが、始原との問題が片付くまでオレ達が準備する安全な場所へ移っていて欲しいんです」

とりあえず、獣人《じゅうじん》大陸のココリ街に戻《もど》り、それからミューアの手を借りて隠《かく》れ家《が》にエル先生を匿《かくま》う予定だ。

この提案にエル先生は困った表情を浮かべる。

「でも、それだと子供達が……」

「もちろん、子供達を残していくようなマネはしません。全員連れて行きます」

始原の問題も早急《さっきゅう》に解決すると駄目《だめ》押《お》しする。

「分かりました。ならリュート君の指示に従います」

「ありがとうございます！　それじゃお疲《つか》れのところ申し訳ないんですが、必要な荷物を纏《まと》めて飛行船に移ってください。準備が出来次第《しだい》、すぐに出発しますから」

この指示を受け、エル先生が孤児院の建物へと向かう。

荷物を纏めるのと、子供達に説明をするためだ。

その間にオレ達の方も準備を進める。

いつ始原《○ー》が来るか分からないため周辺の警戒《けいかい》。

始原《○ー》との問題が片付き、エル先生達が戻ってこられるか分からないため、孤児院の建物管理をオバさんに任せる。もちろん、相応の賃金を支払《しはら》ってだ。

またオレ達と入れ違《ちが》いで新・純潔乙女《おとめ》騎士《きし》団《だん》が町へ辿《たど》り着いたら、戻ってくるよう手紙と伝言を預ける。

リースにはエル先生達の荷物、追加の食料などを『無限収納』にしまってもらった。

諸々《もろもろ》の準備を終えて、飛行船に乗り込むとすぐに出発する。

子供達は三一人、エル先生も入れると飛行船室内はいっぱいになってしまう。

だが今は一刻を争う。

しばらく皆《みな》には不自由な思いをさせるが、隣の大陸のココリ街までだ。

それほど長い時間はかからない。

飛行船に乗り込むのも、空を飛ぶのも初めてな子供達は興奮気味に甲板《かんぱん》へと集まり、小さくなった町を見下ろしていた。

「すげー！　町があんなにちっちゃい！」

「わたしにもみせてーっ」

「わぁ、あっちにとりさんがいるよぉ」

そんな彼、彼女らをエル先生がまとめる。

「あんまり身を乗り出しては駄目《だめ》ですよ。危ないですから。大きい子は、小さい子が身を乗り出さないように気を付けてあげてくださいね。後、寒いのでもう少ししたらお部屋に入りますよ」

子供達の元気な返事が聞こえてくる。

まるで前世の小学校遠足に立ち会っている気分だ。

「ギギさん、どこに行くんですか？」

子供達を見守っていたギギさんが、背を向け飛行船内へと戻って行く。

「……俺がここに居ても、子供達を怖《こわ》がらせるだけだからな」

そう言って、背を向け歩き出す。

エル先生はその背中を名残惜《なごりお》しそうに見詰《みつ》めながらも、声をかけることができずただ見送っている。

これは想像していた以上に、二人の仲が進展することはないだろう。

どちらも恋愛《れんあい》に奥手で、立場上、気軽に自分から行動を起こせない。

オレが妨害しなくてもよさそうだが……なんか納得《なっとく》いかないな。

「どうしたのリュートくん、難しい顔して？」

「いや、なんでもないよ。それよりそろそろ風も出てきたし、これ以上は体を冷やすから子供達を室内に戻そう」

「そうだね」

オレはスノーの問いを適当に誤魔化《ごまか》す。

エル先生に声をかけて子供達を室内へ移動させようとすると、

「賛成だ、こちらとしても童《わらべ》達に余計な話を聞かせて、手を汚《よご》したくはないからな」

——いつの間にか甲板に見知らぬ一人の男が立っていた。

顔以外の全身に甲冑《かっちゅう》をまとい、少し体を動かすだけで金属音が響《ひび》く。

体格はラグビー選手のようにガッチリとしている。身長は一九〇ｃｍを超《こ》えていた。

髪《かみ》を短く刈《か》り込み、目つきも鋭《するど》い。

その姿はまるで歴戦の騎士《きし》団長といった風格を漂《ただよ》わせている。

(こいつ本当にいつの間に甲板に来たんだ!?)

音や気配もまったくなく、忽然《こつぜん》と甲板に姿を現したとしか思えない。

こちらの驚愕《きょうがく》をどう捉《とら》えたのか、相手は律儀《りちぎ》に挨拶《あいさつ》を始める。

「挨拶が遅《おく》れた。始原《○ー》団長、人種族《ひとしゅぞく》、魔術師S級のアルトリウス・アーガーだ」

これが始原《○ー》団長とのファーストコンタクトだった。

第一〇章　交渉《こうしょう》

一般《いっぱん》的な魔術師《まじゅつし》としての才能を持つ者はBプラス級が限界だと言われている。
その先のA級は一握《ひとにぎ》りの『天才』と呼ばれる者が入る場所だ。
さらにその天才すら超えたS級は『人外《じんがい》』『化け物』『怪物《かいぶつ》』と呼ばれる存在である。
この異世界にS級は五人しかいない。
妖精種族《ようせいしゅぞく》、ハイエルフ族、『氷結の魔女《まじょ》』。
竜人種族《りゅうじんしゅぞく》、『龍老師《ロン・ラオシー》』。
魔《ま》人種族《じんしゅぞく》、『腐敗《ふはい》ノ王《おう》』。
獣人種族《じゅうじんしゅぞく》、『獣王武神《じゅうおうぶしん》』。
そして人種族《ひとしゅぞく》、『万軍《ばんぐん》』、始原団長、アルトリウス・アーガー。
『世界と一人で戦える男』と言われる、人種族最強の魔術師である。
そんな魔術師S級の男が、まるで最初から居たように甲板に立っていた。
『!?』
甲板に出ていたオレ、スノー、ギギさんが咄嗟《とっさ》に動く。

オレとスノーが、エル先生と子供達を守るように背後へと隠す。

ギギさんはアルトリウスへといつでも攻撃《こうげき》を加えられるように戦闘体勢を取る。

しかし、アルトリウスはまったく動じず、尋《たず》ねてきた。

「……PEACEMAKER《ピース・メーカー》団長、リュート・ガンスミスとは貴殿《きでん》でいいのか？」

スノー、ギギさんを順番に見て、最後にオレに声をかけてきた。

情報としてPEACEMAKER《ピース・メーカー》団長は人種族だと聞いているのだろう。警戒心《けいかいしん》を露《あら》わにしている者達のなかで人種族はオレしかいないため、消去法で判断したらしい。

どう返答するべきか逡巡《しゅんじゅん》したが、素直《すなお》に答えることにした。

「オレがPEACEMAKER《ピース・メーカー》団長、人種族、リュート・ガンスミスだ」

「やはりか……できれば話し合いをしたいのだが、時間は大丈夫《だいじょうぶ》か？」

「じ、時間って……」

こちらの警戒心を本当にまったく気にせず、アポ無しで訪ねて来た知人のように問いかけてくる。

「はははは！　良いではないかリュート、話をしても！　折角、あの魔術師S級殿《どの》がわざわざ訪ねて来たのだからな！」

声に振《ふ》り返ると、船内から旦那《だんな》様が姿を現し、勝手に話を決めてしまう。

「では、子供達よ！　我輩《わがはい》達は大切な話をするから、皆は船内に入っていなさい！　エル殿、引率《いんそつ》を頼《たの》むぞ！」

「は、はい！　それでは皆さん、外はもう寒いですから中に入りましょうね」

エル先生が小学校の遠足を引率する先生のように子供達を船内へと入れて行く。

今になって旦那様の意図を理解した。

もし今すぐアルトリウスと戦った場合、背後に居た子供達を巻き込むことになる。怪我《けが》で済めばいい。大抵《たいてい》の傷はエル先生が治癒《ちゆ》で治してくれる。

だがもし死んでしまったら……。

少し考えれば分かることじゃないか。

アルトリウスの登場に、自分が想像するよりずっと混乱していたようだ。

それを見抜《みぬ》いたから、気持ちを落ち着かせるためにも旦那様が相手の話に乗ったのだろう。

リースが甲板に『無限収納』からテーブルと椅子《いす》を出す。

「…………」

彼女はオレを一瞥《いちべつ》し、船内へと戻《もど》って行く。

……どうやら、すでにクリスやシア達には武器を手渡《てわた》し済みのようだ。

恐《おそ》らく旦那様の指示だろう。

「ははははっ！　アルトリウス殿、遠慮《えんりよ》無く好きな席に座ってくれたまえ！」

旦那様が勝手にホスト役を務める。

ありがたく便乗させてもらう。

オレ、旦那様、アルトリウスが席に座る。

スノーとギギさんは、オレと旦那様の背後にボディーガードのように立つ。

席に座ると、シアが待ち構えたように盆《ぼん》に香茶《かおりちや》と茶菓子《ちやがし》を持って姿を現す。

まさかとは思うが、お茶に毒とか入れていないよな……。

オレの心配をよそにアルトリウスは何も気にせずにお茶に口をつける。

続いて旦那様もカップに手を伸《の》ばした。

「はっははははは！　相変わらずシア殿の淹《い》れるお茶は美味《うま》いな！」

「恐れ入ります」

シアは旦那様の言葉に一礼してから背後へと控《ひか》える。

地味に旦那様とシアの仲が良いな。

「……それで、今回の突然《とつぜん》の来訪はどういった理由ですか？」

オレは旦那様達から視線を外し、アルトリウスへと問う。

彼は一度、甲板に居るオレ、スノー、旦那様、ギギさん、シアの順番に見て回り、考える素振《そぶ》りをしてから口を開く。

「……ガンスミス卿《きょう》は魔物大陸で魔王《まおう》を復活させたな」

「…………」

暫《しば》しの沈黙《ちんもく》、互《たが》いの眼光が重なりあう。

先にアルトリウスが手の内を明かす。

「無理に誤魔化さなくてもいい。この情報は精度の高いものだ。でなければ押し掛《か》けたりなどしない」

「精度の高い、ですか……誰《だれ》から聞いたのか、だいたい予想は付きますよ」

オレは背もたれに体を預けて、足を組み替《か》える。

アルトリウスはこの返答を予想していなかったのか、初めて表情を変える。

眉根《まゆね》を寄せた程度だが。

オレはさらに優位を得るため切り込む。

「情報を持ち帰ったのはハイエルフ王国第一王女、ララ・エノール・メメアですね」

「……いや、違《ちが》うが……どうしてここでララ嬢《じょう》の名前が出るんだ？　彼女はずいぶん前に失踪《しっそう》して行方《ゆくえ》が分からないはずだが？」

アルトリウスはこの場で出るとは考えもしていない名前が上がったようで、困惑《こんわく》した表情を浮《う》かべる。

次に彼は、ララ失踪にオレが関与《かんよ》しているのかといった視線を向けてきた。誤解をとくため『ノワール』についての話をする。

詳細《しょうさい》は省き、『ノワール』という組織とそれを実質運営していたのがララだと教えた。

話を聞き終えたアルトリウスは、顎《あご》に手を当てもたらされた情報を精査する。

「……なるほど合点《がてん》がいった。ララ嬢が『ノワール』に付いていたのなら、我々がどれだけ手を尽《つ》くしても捕《と》らえられないのも納得《なっとく》できる」

ララが精霊《せいれい》の加護『千里眼《せんりがん》』を持っているのは有名な話らしい。『千里眼』なら周囲の危機に誰よりも早く気付き逃走《とうそう》が可能だ。

しかし、まったく違う人物の名前をドヤ顔で言っていたとは……。

恥《は》ずかしさに身悶《みもだ》えしそうになるが、アルトリウスは気にせず話を進める。

「ガンスミス卿については『紅甲冑《くれないかっちゅう》事件』以降、念のため身辺を調べさせてもらっていた。いつかは神鉄《オリハルコン》に到達《とうたつ》する可能性を秘《ひ》めている軍団《レギオン》だと、うちの若い奴《やつ》が言っていた」

始原《○一》の獣人《じゅうじん》大陸外交・交渉部門を担当している人種族、セラフィンさんあたりが言っていたのだろうか？

「最初は疑っていたが、いつのまにか静音暗殺者《サイレント・ワーカー》率いる軍団《レギオン》、処刑人《シーカー》を撃破《げきは》し、魔王まで復活させるとは……。あの時、もっと話を聞いておくべきだったと少々後悔《こうかい》もした。もし話を聞いていれば、処刑人《シーカー》に釘《くぎ》の一つでも刺《さ》せたのだがな……」

アルトリウスが香茶を飲み干すと、シアがそつなく新たに注《そそ》ぐ。

「今更《いまさら》の話だがな……だから今回は将来の話をしに来た。単刀直入に言わせてもらう。我々の仲間にならないか？」

『戦闘になるだろう』と思っていたのだが、意外な要求をされる。

こちらの表情を見て警戒心が強いのを察したのか、アルトリウスはさらに語る。

「勘違《かんちが》いして欲しくないのは、ガンスミス卿の恩人であるエル嬢と接触《せっしょく》しようとしたのも、戦闘で人質《ひとじち》にするためではない。あくまで冷静な話し合いをするため仲介《ちゅうかい》を担《にな》ってもらおうと思ったからだ。だが、少々礼を欠いた行動であることは確かだ。先に謝罪したい。すまなかった」

オレが文句を付ける前に、アルトリウスが先を取る。

さすが世界最強の軍団《レギオン》といったところか。

そして彼は次に条件を提示してきた。

「またＰＥＡＣＥＭＡＫＥＲ《ピースメーカー》には、魔王とノワール残党の引き渡《わた》しを願いたい。『五種族勇者』という神話で民衆が纏《まと》まっているのだ。世界にいらぬ混乱を広めて傷つく人々を出したくはない」

『五種族勇者』という神話はこの世界に多大なる影響《えいきょう》を与《あた》えている。

たとえば冒険者斡旋組合《ギルド》だって、五種族勇者達によって作られている。

子供達に読み聞かせる絵本にも、五種族勇者が題材として使用されている。

だがその『五種族勇者』の実体が恩人であるアスーラを裏切った卑怯《ひきょう》者共だと知られれば、子孫であるアルトリウス達が非難されるだけではすまない。

冒険者斡旋組合《ギルド》の求心力が低下し、『五種族勇者』をブランドに掲《かか》げている商品が売れなくなる。

その他様々に、多大な被害《ひがい》が出るだろう。

アルトリウスは話を続ける。

「もちろん魔王とノワール残党を口封《くちふう》じに殺害するつもりはない。だが、真実を広められても困るため、我々が指定する屋敷《やしき》に生涯軟禁《しょうがいなんきん》させてもらう。軟禁と言っても見張りを付ければ外へ出ることも可能だ。欲《ほ》しい物があれば何でも与えるつもりでいる。世界の混乱を避《さ》ける維持《いじ》費と考えれば安いものだ。彼女達の生活が心配なら、定期的に視察できるよう手配しよう」

「どうしてそこまで譲歩《じょうほ》するんだ？　それにオレ達だってすでに知っているんだ。彼女達と一緒《いっしょ》にオレ達も軟禁するつもりなのか？」

この問いにアルトリウスが首を横に振る。

「ＰＥＡＣＥＭＡＫＥＲ《ピース・メーカー》を軟禁するつもりはない。むしろ我々、始原《○一》と一緒にこの世界を守る側について欲しい」

アルトリウスの声音《こわね》に熱が籠《こ》もる。

「我々はＰＥＡＣＥＭＡＫＥＲ《ピース・メーカー》が所持する魔術道具《まじゅつどうぐ》に興味がある。あれは、我のような魔術道具の門外漢でも分かる技術革命だ。だが、同時にあまり広まっても困る代物《しろもの》でもある。誰でも簡単に魔物や魔術師を殺害することができる魔術道具が世界に広まれば、権力者達はこぞって量産し、全民衆を兵士にするだろう。そうなれば過去に起きた妖精、獣人、人種族連合対魔人種族のような争いを引き起こす火種になりかねん。だから我々で適正に管理すべきだと考えている」

彼の指摘《してき》は正しい。

前世、地球のアフリカでは、大人は少年達にＡＫ四七を手渡し、少年部隊を作り出した。たとえＡＫ四七を持ち上げて扱《あつか》うことのできるギリギリの年齢《ねんれい》（九、一〇歳）の子供でも、撃《う》てれば大人や歴戦の軍人でも殺傷することができる。

さらに子供なら孤児《こじ》や浮浪者《ふろうしゃ》ならば多数いるので集めやすく、若いため無茶を簡単にする。また相手に子供を殺させることで、士気低下も狙《ねら》える。

オレ達が持つ銃器《じゅうき》が広まれば、この世界でも必ず起きる出来事だろう。

「どうだろうか？　条件としては大分いいと思うが？」

「たとえばだが、もし一般《いっぱん》市民がオレ達と同じように『五種族勇者』についての真実を知ったら、どうするんだ？」

「残念だが消すしかない。だからこそＰＥＡＣＥＭＡＫＥＲ《ピース・メーカー》と手を組み、そのようなことが起きないよう尽力《じんりょく》していきたいと考えている」

深い溜息《ためいき》を漏《も》らし、アルトリウスへ返答を返す。

「なるほど、なら……」

オレは席から立ち上がり『Ｈ＆Ｋ　ＵＳＰ』を抜《ぬ》くと、アルトリウスへと銃口《じゅうこう》を向ける。

「これがＰＥＡＣＥＭＡＫＥＲ《ピース・メーカー》の答えだ」

わざと見せつけるように撃鉄《ハンマー》を持ち上げ、引鉄《トリガー》に指をかけた。銃器を調べているだけあり、アルトリウスはしっかりと理解する。

銃口を向けられる意味を。

彼は不機嫌《ふきげん》そうに眉根を寄せた。

「まさか我々と敵対するつもりとは……。PEACEMAKER《ピース・メーカー》という名前の割に団長は好戦的なのだな」

「そんな条件を出されたら、好戦的にもなるさ」

「こちらとしては大分譲歩した条件だと思うのだが……。もし提示した条件に納得できないのなら、そちらの条件を教えて欲しい」

アルトリウスは席に着いたまま、未《いま》だ構えも取らず余裕《よゆう》の態度も崩《くず》さない。

オレはそんな彼を睨《にら》み付けながら、返事をする。

「たとえどんな条件を出されても、オレ達は始原《〇ー》と同盟を結ぶつもりはない。オマエ達は結局、静音暗殺者《サイレント・ワーカー》、処刑人《シーカー》の代わりを探しているだけだろ。自分達の手足となって暗殺する集団を。そういう点でオレ達は適任だよな。なんてったって静音暗殺者《サイレント・ワーカー》を倒《たお》した張本人達なんだから」

「…………」

「そしてなにより真実を隠《かく》すため、事実を知った相手を殺すっていうのが気にくわない。もしオレ達が力の無い弱小の軍団《レギオン》だったら、条件など出さずさっさと潰《つぶ》していたんだろ？」

「……否定はしない」

アルトリウスの言葉に奥歯が軋《きし》む。

「だとしたらやはり同盟は結べない。オレ達、PEACEMAKER《ピース・メーカー》の掲げている理念は、『困っている人や救いを求める人を助ける』だ」

だから、始原の考えとは相反しているため下につくことはできない。

「別にオレは『真実を絶対に伝えないといけない』とか『正義』を信奉《しんぽう》している訳じゃない。ただオマエ達がやろうとしていることはいつか必ず失敗する。だからその提案に乗るつもりはない」

「失敗か……だが、我々はこれまで『五種族勇者の真実』を保守しているが？」

「それがいつか絶対に失敗するって言っているんだよ。実際、オレ達に世界に広まっている真実が嘘《うそ》だとばれたじゃないか。今後、オレ達が吹聴《ふいちょう》しなくてもそんな奴らがどんどん出てくるぞ。そいつら全部を殺して口を封《ふう》じるのか？」

「世界の維持のためにそれが必要ならば」

オレはUSPを構えながら首を振った。

馬鹿《ばか》らしい。あまりにも馬鹿らしい考えだ。

「そんなこと実際できる訳がない。人の口に戸は立てられないし、そんな労力をいつまでもかけられる訳がない。そして、罪もない人々を殺す片棒を担《かつ》ぐなんてできるはずがない！」

彼らのやろうとしていることはついた嘘を隠すために、さらに嘘を重ねるようなものだ。

矛盾《むじゅん》点が生まれてさらに嘘をつき、最後は取り返しがつかなくなる。

彼らの嘘も今はまだ有効だが、数年、数十年後、いつになるかは分からないがそれは確実に暴《あば》かれる。

そんな無駄《むだ》で、意味のない虐殺《ぎゃくさつ》ジョーにPEACEMAKER《ピース・メーカー》を参加させる訳にはいかない。

これは、あくまでオレの勘《かん》だが、その真実が暴かれるのは遠い未来ではない気がする。

『魔法核《まほうかく》』を奪《うば》ったララは、始原《○ー》と繋《つな》がっていなかった。

ララ本人か、彼女の属する組織かは分からないが、誰《だれ》かがこの世界の根底をひっくり返す何かをしようとしている気がする。

恐《おそ》らく、その時、『五種族勇者』の子孫が隠している真実は白日の下《もと》に出るだろう。

「……なるほど分かった。PEACEMAKER《ピース・メーカー》とは争うしかない訳か。できれば、我々と同盟を結んで欲しかったのだが」

「悪いがそれはできない」

「まったく、世の中というのは自身の思う通りには中々いかぬな。ならばしかたない。話を広められても面倒《めんどう》だ。ここで始末をつけておくか？」

「ッ!?」

アルトリウスが席を立つ。

友好的だった空気から一変。溢《あふ》れ出るほどの敵意を向けられる。

オレも負けじと奥歯を噛《か》みしめ、対峙《たいじ》する。

この場で同盟を蹴《け》ったのには先程《さきほど》述べた理由以外にもある。

始原《○ー》は強い。

軍団《レギオン》ランキングトップの神鉄《オリハルコン》だ。

もし彼らと同盟を組み、銃器の知識を提供すればPEACEMAKER《ピース・メーカー》と始原《○ー》の強さは二度と埋《う》められないほど広がる。

唯一《ゆいいつ》、対抗《たいこう》できるのはまだ銃器の知識を与えていない『今』しかないのだ。

また今なら始原《○ー》団長、アルトリウスは一人である。

団長である彼をこの場で倒すことができれば、わざわざ強大な始原《○ー》という組織と戦う必要はない。

さらに現在、こちらは旦那《だんな》様やギギさんが居る。

「同盟を決意するなら裏切り防止のため、ガンスミス卿《きょう》の嫁《よめ》を差し出してもらうつもりだったが、船内に居る恩師に代えても構わないぞ？」

「貴様！」

「落ち着けリュート！」

アルトリウスはあくまで好意として条件を提示したつもりのようだが、嫁とエル先生を引き合いに出され、カッと頭が熱くなる。

ギギさんの叱責《しっせき》を耳にしながらも、体が動く。

手にしていた『H&K　USP』全弾《ぜんだん》をアルトリウスに向け発砲《はっぽう》する。

彼は余裕の態度を崩さず、シールドを形成。

銃弾《じゅうだん》を弾《はじ》きながら後方へ下がり、船首方向へと向かう。

話し合いは決裂《けつれつ》と判断したスノー、シア、ギギさん、旦那様も攻撃《こうげき》へと移る。

「踊《おど》れ！　吹雪《ふぶ》け！　氷の短槍《たんそう》！　全《すべ》てを貫《つらぬ》き氷《こお》らせろ！　嵐氷槍《ストーム・エッジ》！」

スノーの攻撃魔術と連動するようにギギさんが風×風の中級魔術で腕《うで》に風の刃《やいば》を纏《まと》わせアルトリウスに迫《せま》る。

ギギさんを回避《かいひ》しても、旦那様がさらに控《ひか》えている。

「若様！」

シアの呼びかけに『H&K　USP』を仕舞《しま》い、腕を伸《の》ばす。

彼女は船内に戻《もど》り、リースからＡＫ四七を取ってきてくれた。

クリス、リースも武装済みで、船首ギリギリに追い詰《つ》められたアルトリウスにＰＫＭとＶＳＳで狙いを定める。

オレはＡＫ四七、シアはいつものコッファーで狙いを付ける。

複数の発砲音が重なり、アルトリウスに迫る。

シールドを作り出すか、肉体強化術で体を補助して左右どちらかに周り込んで回避すると読んでいたのだが、彼は迷わず飛行船から飛び降りてしまう。

「なっ⁉」

オレはその行動に驚《おどろ》き慌《あわ》てて、駆《か》け出し彼が落ちた船首から顔を出す。

下は草原で街道《かいどう》が延々と延びているが、落ちたはずのアルトリウスの姿はどこにもない。

代わりに巨大《きょだい》な影《かげ》がオレ達の乗る飛行船への陽光を遮《さえぎ》る。

反射的に顔を上げると、ドラゴンが羽ばたき鷹揚《おうよう》に空を飛んでいた。

ちょっと待て！　こんな巨大な飛行物体、今までどこにも飛んでいなかったぞ⁉

しかもドラゴンの体は炎《ほのお》のように赤く、一ｋｍ先からでも目立ち発見できる。

こんな近くに接近されるまで気付かないなんてありえない！

ドラゴンはゆっくりと旋回《せんかい》する。

その背中に知った顔を発見した。

飛行船から落ちたと思ったアルトリウスが、腕を組んでこちらを見下ろしていたのだ。

「ふむ、興味深いな、ガンスミス卿が持つ魔術道具は……。やはり今ここで殺すのは惜《お》しいな」

アルトリウスはまるで食堂の注文でどちらを頼《たの》むか迷うような素振《そぶ》りをする。

何か思いついたらしく、こちらに視線を向け一人呟《つぶや》く。

「ガンスミス卿はまだ若い。だから、鼻っ柱が強すぎるのだろう。なら、若者特有の無駄な自信を少々潰せば大人しくなるかもしれんな」

まるで暴れる犬をどう躾《しつ》ければいいか思案するような態度だった。

アルトリウスは方針が決まったのか、腕を組んだまま膨大《ぼうだい》な魔力《まりょく》を動かす。

すると、周囲に一〇の巨大な魔法陣《まほうじん》が浮《う》かび上がる。

その魔法陣からは色や体格、頭の数すら違《ちが》うドラゴンやグリフォンなどが姿を現す。

「な、なんだよこれ……」

一体でも倒すのが困難な魔物が軽く一〇体も姿を現したのだ。

『驚愕《きょうがく》するな』という方が無理だろう。

呆然《ぼうぜん》と周囲を見回すオレ達に、アルトリウスが告げる。

「我が特異魔術で呼び出した眷属《けんぞく》達だ。ガンスミス卿、その尖《とが》った鼻を直々《じきじき》にへし折ってやろう」

彼はドラゴンの背に乗り、腕を組んだまま告げる。

「この『万軍《ばんぐん》』、始原《〇一》団長、アルトリウス・アーガー直々にだ」

to be continued

SAIGA12K

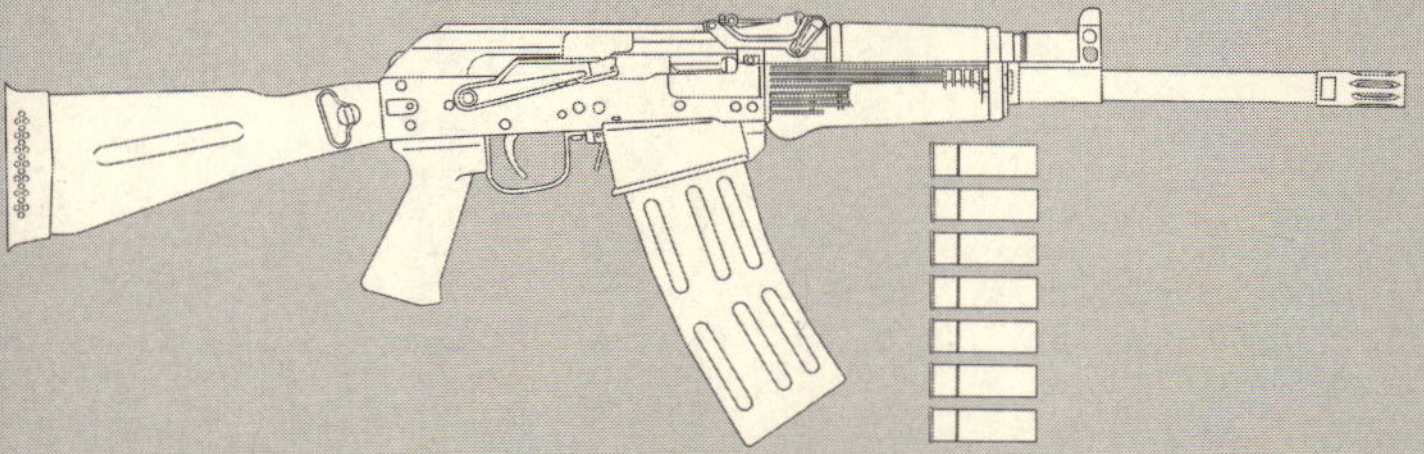

明鏡シスイ コメンタリー

AKを基に作られたコンバットショットガン。いくつもの種類が存在し、他国に販売する際は銃身を短くしたものを輸出している。さらに軍用だけではなく、民間向けのスポーツタイプも存在するとか。スポーツって……。

硯 コメンタリー

弾倉切り替えで用途をすぐに変えられる便利なやつ。シルエットはAKに似てますがよく見ると違う。

本来ならオプション取り付け用のレイルやマウントが付いてますが、これは省かれています。望遠やライトなどの足りない要素は魔力でカバーです。

テーザー銃

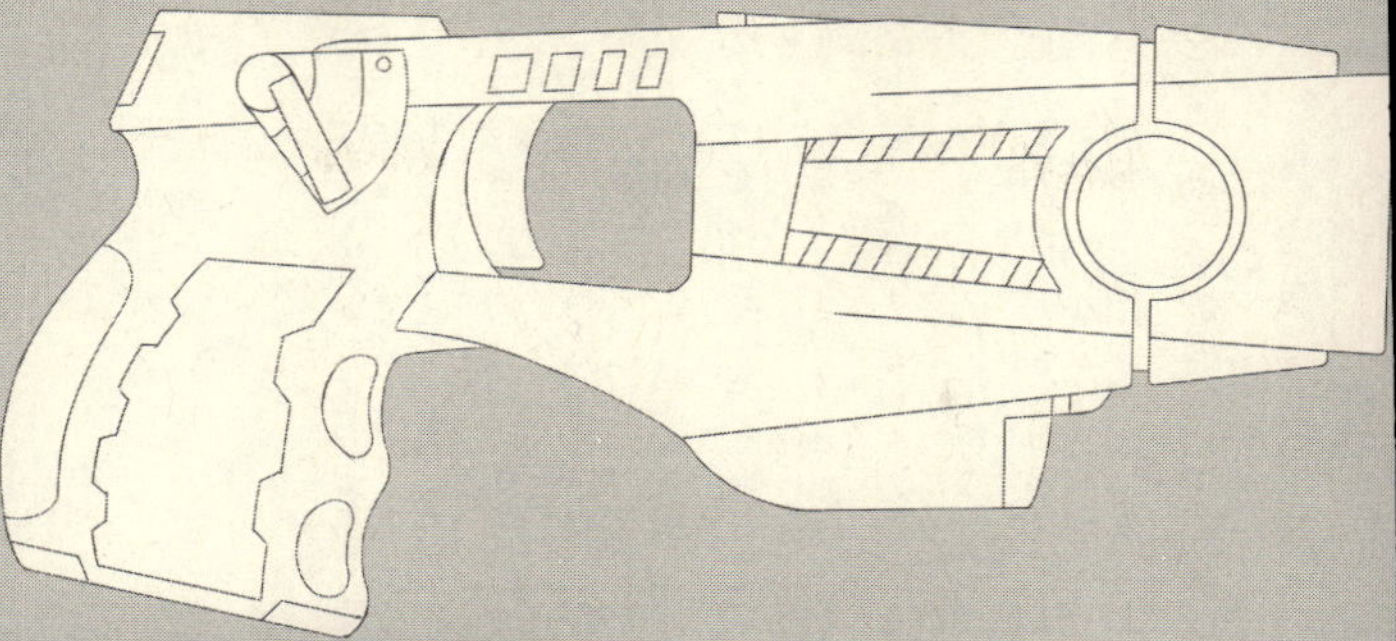

明鏡シスイ コメンタリー

早い話が日本でもお馴染みのスタンガンを拳銃形にした物。拳銃形の通り、発射するとワイヤーが数m伸び相手を一時的に麻痺させます。ただしスタンガン同様、厚い上着に遮られたりするとダメなようです。

硯 コメンタリー

電気ビリビリ非致死性兵器。優しそうだけど撃たれた方にとってはたまったものじゃない凶悪武器。

連射は出来ないし射程も短いのが残念なところ。グリップが小さいから女性や子供でも扱いやすそうですね。

あとがき

こんにちは、明鏡シスイです！　原作がついに大台の10巻に突入《とつにゅう》しました！　まさかここまでこられるとは……これも日頃《ひごろ》応援《おうえん》してくださっている皆様《みなさま》のおかげです！　まだまだ軍オタは続きますので、どうぞ最後までお付き合い頂ければ幸いです。

さて、早速、10巻の見所を紹介《しょうかい》させて頂きます！　今巻はなんといっても大幅《おおはば》に加筆した前半のバトルです！　さらにリュート達は、この異世界の真実を知ってしまいます。彼らはこのことを知ってどう行動するのか？　あとがきから読んでいる方は、是非《ぜひ》本編でご確認くださいませ！　また今回も多数の新規シーンを書かせて頂きました。『小説家になろう』の読者の皆様も楽しんで頂けるかと思います。

最後に謝辞を。初めに硯《すずり》様！　可愛らしい&美しいイラストありがとうございます！　毎度、面倒《めんどう》な銃器《じゅうき》関係もしっかりと描《えが》いてくださり頭が下がる次第です。担当のE様、他出版業務に携《たずさ》わる皆様、本当にありがとうございます。最後に『小説家になろう』で応援してくださっている皆様、お手に取ってくださる読者様、誠にありがとうございます！

二〇一七年四月　明鏡シスイ

■あとがき■

ついに10巻です!! わーいっ♪
さらなる武器の活躍をお楽しみにっ!
魔王のアスーラさんを描いてみましたー♪

参考文献（順不同・敬称略）

『イラストでまなぶ！　世界の特殊部隊　アメリカ編』ホビージャパン
『図解ハンドウェポン（F-FILES No.003）』著：大波篤司／新紀元社
『図解ヘビーアームズ（F-FILES No.017）』著：大波篤司／新紀元社
『銃器使用マニュアル　愛蔵版』著：カヅキ・オオツカ／データハウス
『銃の科学知られざるファイア・アームズの秘密』著：かのよしのり／ＳＢクリエイティブ
『狙撃の科学標的を正確に撃ち抜く技術に迫る』著：かのよしのり／ＳＢクリエイティブ
『武器と爆薬―悪夢のメカニズム図解』著：小林源文／大日本絵画
『歴群［図解］マスター銃』著：小林宏明／学研プラス
『［カラー図解］銃のギモン１００』著：小林宏明／学研プラス
『図説 銃器用語事典』著：小林宏明／早川書房
『オールカラー最新軍用銃事典』著：床井雅美／並木書房
『DVDビジュアルブックこんなにスゴい！　銃のしくみ』
著：小林宏明、編集：キャプテン中井／学研プラス
『世界最強アメリカ海兵隊のすべて』著：笹川英夫／双葉社
『AK-47　世界を変えた銃』著：ラリー・カハナー／学研プラス
『世界の軍用４ＷＤカタログ（Ariadne military）』編集：日本兵器研究会／三修社
その他諸々（ＷＥＢ含む）

富士見ファンタジア文庫

軍《ぐん》オタが魔法世界《まほうせかい》に転生《てんせい》したら、現代兵器《げんだいへいき》で軍隊《ぐんたい》ハーレムを作《つく》っちゃいました!? 10

平成29年4月20日　初版発行

著者――明鏡《めいきよう》シスイ

発行者――三坂泰二

発　行――株式会社KADOKAWA
〒102-8177
東京都千代田区富士見2-13-3
0570-002-301（ナビダイヤル）

印刷所――旭印刷

製本所――本間製本

ISBN978-4-04-072262-7　C0193

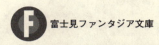

第31回
ファンタジア大賞
原稿募集中！
賞金
〈大賞〉300万円
〈金賞〉50万円
〈銀賞〉30万円
胸がキュンキュンするような
原稿待ってるよ！
締め切り
前期 2017年8月末日
後期 2018年2月末日
選考委員
葵せきな「ゲーマーズ!」×石踏一榮「ハイスクールD×D」×橘公司「デート・ア・ライブ」×ファンタジア文庫編集長
投稿＆最新情報▶http://www.fantasiataisho.com/
イラスト：深崎暮人